花园不是一天建成的

〔美〕艾米·斯图尔特 著

吴湛 译

First published in the United States under the title:
FROM THE GROUND UP:
The Story of a First Garden
Copyright © 2001 by Amy Stewart
Portions of this book have appeared in slightly different form in
GreenPrints and *La Gazette*.
Published by arrangement with Algonquin Books of Chapel Hill,
a division of Workman Publishing Company, Inc., New York.
Chinese language copyright © 2022, The Commercial Press Ltd.

献给我的父母
维克·斯图尔特和迪伊·斯图尔特
(Vic and Dee Stewart)

目录

001　序言：播下种子

破土

007　第一个花园

017　野草

028　邻人

038　猫咪

054　泥土

068　第一次收获

077　种子

089　堆肥

102　橙子与月季

113　劳作

一季的成长

131　游客

143 益虫和害虫

157 室内植物

165 开辟小径

181 第一位来客

200 番茄

213 罗勒

219 园有余蔬

229 秋日的迁徙

239 尾声：从头再来

253 致美景街118号下一任园丁的信

259 致谢

261 单位换算表

262 植物译名对照表

序言：播下种子

花园不是自发形成的，也不是偶然出现的。总会有一些种子被吹进后院，向日葵开始沿着公路生长，或者一丛草莓顺着铁轨的起伏郁郁葱葱……但这些植物的"迁徙"，这些不速之客，还算不上花园。花园是人类创造的。造一个花园，首先要经过深思熟虑，然后是憧憬期待，精心安排，就像对待一个渴盼已久的小宝宝。

至少，我的花园就是这样开始的。我是一个城郊人家的女儿，那个地方后院有且仅有草皮，鲜花是用超市玻璃纸包装的花束，菠菜则在冰柜中售卖。打童年时代起，我的记忆里只留下了一个花园，那是某天爸妈带着我一起找房时看到的。那时我七岁，弟弟五岁，我们都住腻了公寓。我和弟弟在汽车后座上嘀咕，我们想要自己的房间，我们还想要个院子。车子从一栋房子开到另一栋，每一栋房子看起来都非常相似——整齐划一的砖砌小屋,周围是一片片刚修剪过的圣奥古斯丁草坪*。在我看来,只有一栋房子与众不同,虽然它和其他房子同样是农场式小平房,但后院已经被改造成一个绿树成荫、草木丛生的蔬果花园。我从未见过这番景象。草莓沿着地面肆意生长,长在我看得见的低矮处。住在房子里的老人在藤蔓间弯着腰摘莓果,以躲开房产中介的视线。他看到我,就把我往草莓那边轻轻地推了推,让我别嫌草莓上有泥,尽管吃。我小口小口地吃着草莓,让那份天然的香甜在嘴里流淌,然后把咬断的草莓蒂小心地收进口袋。

  老人还给我演示怎么吃那些爬在篱笆上的豌豆。抓住豆荚的一端,掰断,力量要恰到好处,使得一条筋膜仍连在上面,可以像拉拉链一样打开豆荚。接着,把豆子一粒粒拿出来便是。我用舌头探入豆荚,豆子从缝隙中弹落到我嘴里。那种滋味唤起了所有我喜欢的夏日风物——草叶、蟋蟀、游泳池,还有美好的艳阳天。我留下了豌豆荚,塞进口袋,和那些湿漉漉的草莓蒂放在一起。当天夜里回到家,我把它们拿出来,在我一屋子的玩具和书本中间,它们显得乱七八糟、格格不入。

---

 * 圣奥古斯丁草是一种常见于温暖地区的草坪草。——若无特别说明,本书脚注为译者注

此后我再也没想过园艺的事儿。直到读研究生时,去教室的路上经过学校里的住宅区,房子的前院总会吸引我的目光。我害羞地向这些邻人招手,他们大多是研究生或年轻教授,站在露天的花丛中,赶在日光开始暴晒之前浇灌自家的花园。他们这是在干什么?他们不用去上课吗?他们不是应该正在做研究吗?一想到让我自己从本职工作中分心去干这些消遣的事儿,我就觉得吊儿郎当,不负责任。但是,当我看到他们在夜晚、在周末、在偶尔一次我敢肯定是用逃课偷来的浮生半日闲中照料花园时,我开始羡慕起他们来。他们在室外拿着园艺铲,穿着靴子,翻着泥土,隔着篱笆呼朋唤友。毕业后,面临着终生在格子间、人造光线下工作的前景,我非常渴望他们拥有的东西——能够走到室外,亲力亲为,去创造些什么,去让万物生长。我在读研究生时遇到了我的丈夫斯科特(Scott),随着课业逐渐接近尾声,我们商量说要一起搬到加州去。在我看来,加利福尼亚终年温暖湿润,绿意盎然。在那里什么东西都能生长。"等我们搬到海边,我想要一个花园,"我跟斯科特说,"要一栋有院子能种东西的房子。"

如果我当时向邻居们讨教,他们一定会告诉我园艺可不仅仅是把植物放进土里。当你着手打造一个花园时,出人意料的事情发生了：花园同样会塑造你。在让一小片土地焕发生机的过程中，你的人生也发生了改变。

不过，我很快就会发现这一点，斯科特也一样。我们搬到加利福尼亚后，很快就找到了能让我着手打造第一个花园的地方。

破 土

第一个花园

> 打造花园不是老年人的悠闲消遣,能像玩纸牌接龙游戏那样随意开始又停下。这是一份极大的热忱。它会占据一个人的全副身心,而且一旦达成,他只能接受自己的生活被彻底改变。
>
> ——梅·萨藤(May Sarton),《种梦根深》(*Plant Dreaming Deep*),1968

这花园一开始看上去并不像样:光秃秃的土地,几棵果树,还有些小灌木。之前的租客都没太管园艺的事,而这正中我的下怀。我可不想接手别人未完成的工作。无论这个花园最后变成什么样子,我都希望是由我一手打造的。

这栋房子是一所老旧的加州式平房,浅棕色的外墙、深棕色的饰边,跟周围其他房子粉刷的亮白色或柔和的浅色调相比,略显暗淡乏味。房前有三扇窗,左边是我们的卧室窗,再过来是环绕着原先门廊的一组窗户,现在这里是玄关,右边是一面大大的客厅窗户,它面向西边,让房间光线充沛,映出夏日里迷离的、鲑鱼色的落霞。六级木台阶从前门通向露台，在那儿你可以坐在金属摇椅上，隔着街道望向大海。

房子没有前院，仅在窗下有一小块窄窄的土地，几乎没有足够的空间去种什么植物。我们这条街上所有的房子都坐落在一道向河谷倾斜的山坡上，而且都建得高出人行道五英尺。如果你步行经过我们的房子，花园就刚好与视线平齐。家家户户都沿着挡土墙种了些植物，好让街上能看到的房子这一面显得有点情调。我们这个街区尽头的人家种了一道规整的黄杨树篱。隔壁邻居种了粉色的盾叶天竺葵。然而房东的选择却令我们感到沮丧：蓝目菊，一种毫无新意的地被植物，开着紫色和白色的花朵。真没劲，搬进来时我就这么想，这不过是绿化带植物罢了。在圣克鲁斯，蓝目菊被栽种在公路中间的分隔带上。对于我心目中的花园而言，它们实在是太平凡了。

侧院不过是一片裸露的泥土，几棵参差不齐的灌木月季，还有一藤粉色的多花素馨。它们会形成一道多年生植物的花墙，在那个位置，每年春天只有最坚韧、最强悍的灌木能在海风的猛烈攻击下存活。那时我还不明白这个道理。"我们要种郁金香。"我对斯科特说得非常笃定。那时的我无知无畏，准备进行各种尝试。

后院已经好些年没人动过了，然而大概二三十年前，某一任住户就已经考虑过，一个如此之小的花园应该种些什么植物了：紫藤，春天第一缕醉人的芬芳；一棵橙子树和一棵柠檬树，简直是加州花园的标配；倒挂金钟，用来招引蜂鸟，并且因为——好吧，因为只要你能种倒挂金钟，你就该种上一棵。它们遍布圣克鲁斯，这里的气候让它们欣欣向荣。我曾经看到游客经过它们旁边，小心翼翼地触碰着花朵，像是在触摸未干的油漆。"这是真花吗？"他们问道。有一次我听到有人这么回答："这附近**有什么东西**是真的吗？"

我从来没想过我会生活在圣克鲁斯这样的海滨小城。如果你曾经好奇人们是不是在海边住上一段时间之后就会习以为常，那么让我来告诉你：我们不是。至少，我从未感到司空见惯。每个清晨，在市政码头下港海豹的叫声中醒来，呼吸着略带腥咸的空气——再没有比这更好的事情了。太平洋天天不重样。有时它狂野而暴烈，甚至在我居住的海湾内也是如此。一人多高的海浪激涌翻腾，撞在沙滩上，浪花化作飞沫四溅。其他时候，海面又是那么平静安宁，温和得儿乎能在里面游泳。这里好似各种蓝色的荟萃之处：海水清透的蓝绿色，天空的亮蓝色，救生站涂漆被晒到发白的淡蓝色。

  有一次我和丹娜（D'Anna）姑妈一起走在沙滩上，她从得克萨斯州过来看我。我们聊着工作，两个人各有各的压力。"但是你看，"我解释道，"每天忙完我就来到这儿。无论情况有多糟，我都知道这片天地还在这里等待着我。这多多少少让其他事情显得没那么重要了。"好几个晚上我看到一群鹈鹕潜水抓鲲鱼。有时，一次退潮就把好些沙钱和海玻璃送到我的脚边。*我回家时口袋里总是塞满了宝物，我把它们散乱地摆在前门廊上：贝壳啦，干掉的海藻啦，一罐子海玻璃啦。玄关里总有沙子——你无法将它拒之门外。沙子像面包屑一样落在门口的台阶上，又一路撒进屋里。

  我们住在旅游景区的中心地带，距离海岸仅一街之隔，正对着圣克鲁斯海滩栈道游乐园，那是一个老派的海滨主题公园。我们看到的海景被框在过山车的木格栅里。也正因如此，我家的房子成天在明信片上露脸。有多少人能有机会说出这

---

  * 沙钱，又称海钱，是海胆纲楯形目生物。沙钱外形多呈圆盘状，如同一枚银币，因而得名。海玻璃是指经过海水和沙子打磨而失去棱角，变得如同鹅卵石般圆滑的废弃人工玻璃。

样的话呢？打从我们搬进来起，我就开始收集明信片。我把这些明信片带在身边，展示给每一个有兴趣的人。"看！"我会边说边用笔尖指着，"看到那儿了吗？就在过山车后头，在那座山上——那是我们家的房子！我们就住那儿！我们家客厅里还能听到人们在过山车上的尖叫呢！"通常来说，我家的房子在明信片上看起来是个棕色的小点，但有一次我找到了一本日历，日历的背景上能清晰地看到它，离沙滩有一段距离，在海滩栈道游乐园后面：一座浅棕色的加州式平房，高踞于街道之上，阳光在屋前的三扇大玻璃窗上闪闪发亮。你几乎都能看到前门廊上的盆栽了。几乎。

在加州分开生活了两年之后，我和斯科特一起找到了这栋房子。我们刚来加州时经济萧条，工作机会稀缺，给州雇员发薪水用的不是现金而是消费券。我们没法在同一个城市找到工作，于是他搬到了尤里卡（Eureka）——位于加州与俄勒冈州交界南边的一座海滨小城，而我就在圣克鲁斯落脚。这样两地分居是很痛苦的，虽然我们还没结婚，但是在读研时我们已经养成了一起生活的习惯，会因对方不在身边而感到强烈的空虚。见面要开上七个小时的车，这导致我们每隔一两个月才能在长周末见上一面。在又一个相聚的长周末之后,我们实在无法接受还要孤身一人回到空荡荡的家里。我们已经分开太久了。创造共同的生活已经显得比追求各自的事业更加重要。于是,斯科特辞掉了工作,搬到圣克鲁斯和我一起生活,而我则做好了准备,计划搬出山间局促的小屋,搬进这座房子。它的大小足够我们俩居住,而且,我终于有地方可以种点东西了。斯科特来圣克鲁斯时,带了一株从他尤里卡的院子里挖出来的牛至,让我种在新家的花园里。

眼下我应该可以说,打从最开始它就是我一个人的花园。这也是好事一桩,因为它的大小几乎不够我们中的任何一人施展,对两个人来说就更是小得多了。我曾经听说有些夫妻共同打理院子,太太种菜,先生种花;或者一个人种植草地,另一个人打理果园。我们在圣克鲁斯的小花园可玩不了类似的花样,它跟当年在得克萨斯州家家户户房子周围的大草坪相比,实在小得可笑。尽管如此,它不失为一个让新手起步的好地方,刚好合适作为第一个花园。

搬进来后,我花了很多时间在花园里转悠,考虑着我想要它变成什么样。我无法很精确地描绘它——试图描绘你未来的花园,有点像尝试去描绘你未来的结婚对象——画面是模糊的,而且不断发生变化。应该设一处休闲区吗？我可以在橙子树和柠檬树下种点什么？我会在什么位置栽种蔬菜和花草呢？还是说我就把蔬菜挤种在花草之间，让它们自由生长？

至少我知道自己不想要的是什么：那次我们全家人看了一整天房子，最终住进了得州城郊整齐划一的小区，我还记得那种房子附带的花园。大部分我讨厌至今的植物都生长在那栋房子的花园里。南天竹，一种索然无味的灌木，蟑螂色的叶子，小里小气的果子——我曾经傻到把一粒果子放进嘴里，味道就像硬币一样。黄边龙舌兰，当我路过时，它那肉乎乎的发灰的"手臂"总会抓住我，用指甲那么长的小刺刮着我的小腿。还有那些无聊的旧草皮，那一大片圣奥古斯丁草，是我的祖父和叔伯们在家庭烧烤聚会时凑在一起除杂草的地方，他们在橄榄球比赛中场休息的时候，常会蹲下身来，默默拔着马唐草*。我多么希望自己也有关于童年花园的甜蜜回忆想要重温。但事实上，我们那栋房子周围没有一株植物是我所喜欢的。当我设想着在圣克鲁斯打造第一个花园时，也没有任何东西能激发我的灵感。

我想起了奥斯汀的花园，那些赏心悦目、声势浩大的花朵

---

* 指禾本科马唐属植物，约有300多种，广泛分布于全世界热带到温带地区，是常见的杂草。

和蔬菜的集合体。那些花园让我怦然心动。它们野性难驯,但同时又非常温馨。你能在那样的花园里获得欢乐。那里充满惊喜:虞美人在生菜畦里结籽,庭荠从人行道的裂隙中蹦出来,开花的藤蔓蜿蜒爬上一棵栎树,盛放了整个夏天。这些花园从不害怕与众不同。它们逸出边界,它们滋扰芳邻,它们横行无忌。

我想要的花园是这样的:一个生机勃勃、热热闹闹的小天地,一部分是微型农场,一部分是游乐场,一部分是动物园。在这个地方,我可以种下紫色的番茄,可以把生菜种成彩虹般的队列,可以让麻雀从向日葵花盘里啄出瓜子。这个地方会有许许多多的虫子和蝴蝶,并且充满万物生长时发出的微弱的沙沙声。我还没想好怎么把这个设想变成现实,但我已经等不及要让我的双手触碰泥土,开始行动了。

最初的几个星期里,我一无所有,除了一片光秃秃的土地和满满一脑袋关于园艺的奇思妙想,根本不知道我会让自己陷入什么境地。我又怎么可能知道呢?在开始造园之前,谁能预料到自己将会为育苗盘里的幼苗焦虑到彻夜难眠,会迷上摆弄腐烂的叶子,还会邮购蚯蚓和昆虫的幼虫呢?谁能猜到泥土、有机肥和血粉肥*将成为餐桌上的话题，而瓢虫和蚜虫也会以朝鲜蓟舒展的叶片为舞台，上演生死爱欲的人间悲喜剧呢？

我望向外面那片泥地，几乎不敢相信这是归我栽种的。很快，我就会带着种子和园艺铲到外面去，打造一个花园。

绘制阳光地图

如果让我从头再来一遍，我会在我的第一个花园动工之前稍微再等一会儿。我会了解当地的气候，留意院子里哪些地方被雨水和含盐的海风侵袭得最为严重，同时我还会制作一张"后院阳光地图"，帮助自己决定在哪里栽种什么。整个花园的面积不超过1200平方英尺，包括25英尺乘40英尺的长方形后院、8英尺宽的侧院和屋前的窄条地块。花园里只有少数几处能够避开房子、篱笆或邻居家树木的阴影。

---

* 一种肥料，是将动物的血液凝固干燥处理后形成的粉末。血粉主要用于增加土壤中氮元素的含量，让植物生长得更加茂盛。

绘制阳光地图，要在清晨到院子里去，带上一团绳子和一些标桩。如果你想同时给地施点肥，也可以使用显眼的粉末作为标记物，比如骨粉或者硅藻土，标出房子、篱笆和树木投下的阴影的边界。在中午和傍晚分别重复这个步骤。一天下来，你会得到一张花园地图，展示出阳光最充足和最荫蔽的种植区域。如果我一上来先做这件事就好了，那样我就会知道应该把菜园分成两个中等大小的长方形，橙子树和柠檬树旁边各一个，周围种一圈生菜、欧芹之类的耐阴作物。事实恰恰相反，我迫不及待地要破土动工，于是在花园一角给自己开垦了一块又大又笨拙的长方形菜地，有一半笼罩在树荫下，而仅剩的阳光充足的位置反倒做成了休闲区。这是我时常后悔的一个决定，但又始终抽不出时间去做调整。

野　草

　　为草坪上的蒲公英日夜烦忧的人，要是爱上了蒲公英，就能大大地松一口气。

——利伯蒂·海德·贝利（Liberty Hyde Bailey），《园艺手册》
（ Manual of Gardening ），1910

　　我的爸爸是一名吉他手。我从小就看着他练琴，有时在厨房的高脚凳上，有时在客厅的沙发边上，有时在电视机前，他弹奏着音阶、乐段，或是一首为了演出而必须学会的曲子。我没有一双对音乐十分敏锐的耳朵，因此我其实不知道爸爸练习时都在弹些什么。要是连续好几周都在背景音里听到相同的音乐，我能感觉到有些旋律越来越耳熟，但一段时间过后，我就完全想不起来最初究竟是在什么地方听到的了。

　　等到我开始自学弹吉他时，我才终于明白了爸爸每天都在做些什么。他在规定的时间拿起吉他，面前放着一个节拍器和一张乐谱,并且允许自己失误。不止一次,而是接二连三地失误,每天如此。我现在看他练习的时候,仍然听不出弹错之处,但我能在他的脸上看出来:他的专注中断了,睁开眼睛,一边喃喃自语地说着"不,不是那样",一边不假思索地继续练习,手都没有离开过吉他。因为犯错是掌握一首乐曲的唯一方法:一遍又一遍地弹错,直到最后,你终于弹对了。

我没想到在园艺上也是如此。正如演奏音乐,园艺同样需要练习、耐心和心甘情愿地犯错。打造一个花园看起来多么简单、多么明确啊,斯科特和我刚刚拆卸行李、住进新家时,我正是这样想的。我憧憬着花坛、藤蔓,成行的玉米和豌豆。能有多难呐?我自己有地,车库里有把园艺铲,街边就有一家随时供应各种植物的苗圃。万事俱备,还能出什么岔子呢?

我几乎能想象出我们周末时的样子:斯科特利用周六时间做着珍本书商的生意,坐在电脑前为他搜罗到的好书编目;我则走到室外,在花园中劳作,拖着铲子和耙子到处跑,带着自己种的鲜花和蔬菜满载而归。我会不时经过客厅的窗户,轻敲玻璃吸引斯科特的注意。他会抬头、微笑,我们互相挥手致意,再回到各自的工作中去。这并不难想象,事实上,我们仿佛已经这样生活了一辈子。我感觉自己一直以来就是个园丁。在我们搬好家之后的周五晚上,上床就寝时,我知道行李已拆装妥当,即将迎来自由的周六时光,怀着这样的想法我进入了梦乡。我已准备好到花园里大显身手,而且似乎对于从何处下手已经胸有成竹。

第一个周六早晨来临了,外面充满嘈杂和喧嚣。"那是什么啊?"斯科特抱怨着,拉过被子盖在头上。

我听了一分钟。"我感觉是过山车。"

他把头从枕头上抬起来,瞟了一眼闹钟。"现在才八点哎。外面在搞什么?"

"他们大概在调试过山车吧。"我躺在床上,听着车厢在轨道上爬升,然后在另一侧加速滑落。我听得出过山车上并没有人,它运行时发出一种空洞的嘎嘎声,周而复始,不像平常那样开到终点就停车上下客。我这才意识到,住在离游乐园这么近的地方,有点像住在马戏团里,总有节目在上演。除了沉寂的冬日之外,我的时日总是被从海滩栈道游乐园传来的声响和气息所推动:清早,吱呀作响的铁门打开,工作人员入内;午饭时分,玉米热狗*和棉花糖的香味四溢;当夜已深,黑色的天幕中过山

---

* 美式小吃,裹上玉米粉油炸的热狗肠。

车的彩灯忽然熄灭,仿佛在向整片区域发出信号——派对已结束,睡觉时间到。

尽管周围有些闹腾,可我还是喜欢在我们的新家里醒来。总有一些东西提醒着我们,自己是住在海边的,来自海的声音飘进卧室。偶尔,要是游乐园没有发出喧闹盖住其他声响的话,我会在浪花拍击沙滩的声音中醒来。有一次,我们让窗户整夜敞开,当太阳升起,微风吹来,光是盐雾的气息就足以将我唤醒。

周六上午,雨停了一会儿,作为我建造花园的第一天,这是个好兆头。此地的雨季从十月下旬开始,到四月结束。在一年剩余的日子里,很可能一次雨也不会下。刚搬来加州时,我非常不习惯。我是在得州阴沉、剧烈的暴风骤雨中长大的,那是一种能在下午席卷而来,让每个人都仓皇躲避的雷雨。在得州,每场室外活动都要有应对下雨的预案,一旦遇上暴风雨就立刻转移到室内。然而在加州,没有人会制定"下雨预案"。如果是夏天,那就是晴天;如果是冬天,那就会下雨。

我还真没想过这对园丁来说究竟意味着什么,但在那个二月清晨,我刚走到外面就明白了。打从我们搬进来起,几乎每天都在下雨——这足以把泥土浸透,让万物生长。花园里弥漫着一层薄薄的雾气,缭绕在休眠的紫藤、橙子树和柠檬树,还有那些刚刚绽出新芽的山茶花上。我被花园的风光迷住了,过了一分钟才低头看向我的脚下,看向我原本计划在当天早上开始栽种的土地。这一看不打紧,我被眼前的景象吓了一跳:我的花园里有**野草**!可不是一点点野草,而是一大片几乎绵延不断的野草。要知道,上个礼拜这里还只不过是一块光秃秃的土地呢。它们从哪里来的?它们是什么东西?我弯下腰仔细观察,发现每根草茎上都顶着三片心形的叶子,大体上像是苜蓿叶。好吧,我想,放心吧,在后院里长些三叶草并不是多么糟糕的事儿。我甚至不确定三叶草究竟算不算一种野草。农人不也在他们的田地里种苜蓿吗?蜜蜂不也采了苜蓿花来酿蜜糖吗?

去了一趟苗圃,翻了些园艺书之后,我终于搞清楚那是什么了:开黄花的直酢浆草。"一种入侵性极强的野草",《日落西部花园手册》(*Sunset Western Garden Book*)*写道。我被苗圃的男店员嘲笑后,出于惭愧而买下了这本书。"你查《花园手册》了吗?"当我走进门开始描述我的野草时,男店员问道。我四下张望,困惑地看着书架上林林总总的"花园手册"。

---

* 《日落》是关注美国西部的园艺、家居、旅行和烹饪等方面的老牌生活杂志。这本《日落西部花园手册》是《日落》杂志推出的一本关于美国西部花园的植物选择、园艺技术、造园材料及生活方式的书。

"哪一本？"我问道。男店员从齿缝挤出一个不耐烦的喷声。"**这本**《花园手册》，"他边说边递给我一本600页的工具书，"看出来了，你玩园艺没多久。"

"是没多久，也就玩了半个小时。"我想这么回答，但他已经走开了。我回过头去看我的新工具书。"加州中部和南部的园丁对它的评价是特别烦人，难以控制。"手册中这样介绍我的野草。

当我回到家，斯科特已经醒了，站在前门廊上。"你去哪儿了？"他问道，在晨光中眨着眼睛。

"我去了苗圃，想找到对付**这玩意儿**的办法。"我冷着脸说，指向那些到处冒出来的野草，甚至连门廊的缝隙里都有。

斯科特没戴眼镜，他趴到地上，隔着几英尺的距离仔细观察这些野草。"看起来像三叶草。"他说。

我翻了个白眼。"不是三叶草哦，傻瓜，"我不耐烦地说，"是酢浆草。"

"酢浆草，"他重复道，"你对它有什么了解？"

"它特别烦人。"

烦人，说得对。我憧憬着第一天动工就能让小花园初现雏形，忙完一天后我能自豪地站在劳动成果旁，喜滋滋地拍去手上的尘土。可事实上,我得**除草**。这种感觉就像是被派去打扫房间。

摆在我面前的是一份无聊的苦差事。酢浆草的主根深深扎于泥土,当它们被拔起并丢到院子里的平地上,根部看起来就像粗壮而苍白的蠕虫。想要摆脱野草,你也许认为把它们逐出花园的唯一方法是将其连根拔起。但是说到底,留在土壤里的哪怕一丁点儿根都会在雨季结束前恢复生机,再度发芽。然而,那天早上当我盘腿坐在酢浆草丛中,努力把它们从地里拔出来的时候,我意识到自己实际上是在帮助它们繁衍生息。我把它们从泥里拔出来时,也弄掉了长在根上的小鳞茎,这些可都是未来的罪魁祸首,将化身为一丛丛繁茂的酢浆草。这大概是人们能为它在春天顺利萌发而做的最好的事情了。尽管我知道拔草是徒劳的,但却停不下来。我必须得做出点名堂来,总得有些东西来见证我付出的时间。我一把一把地将草拔起,在平地上丢作一堆。抬眼望去,周围只能看到更多的酢浆草。所以园艺是这么一回事,我默默想着,灰心丧气。这可不是我预想的样子。

一天下来,我想方设法才清理了小半块沿屋侧铺展开的花床,即便如此也没能搞定每一株酢浆草。它们七零八落地潜伏在花床的各个角落,依然有好些根须牢牢地扎在土里,地面上只剩下被扯断的茎。

我可受不了接下来几个月的周末都在除草。打心底里，我知道明智的做法是用冬天的余下几周筹备花园，先什么植物也别种，直到春天来临。到那时土地已打理妥当，而我也已经准备就绪。但是我等不了那么久。我就是想以一个又轻松又快捷的方法除掉野草，好让我能着手去做正儿八经的园艺：种花。让它们茁壮成长。

我考虑过把酢浆草鳞茎一个个挖出来。几天后斯科特尝试了这个法子，他花了整个下午把两平方英尺的泥土筛查了一遍，一丝不苟地从土里挑出每一个他能找到的豌豆形、泥土色的酢浆草鳞茎，然后在身旁的平地上摆成一小堆。这块地保持了好几天清爽松软、没有野草的状态。随后，酢浆草卷土重来，仿佛什么也没有发生过。

也许，诀窍在于趁它们尚幼小，还没来得及繁殖之前就把它们干掉。这个办法我试了一段时间，但我实在没耐心持续做下去。放眼望去，数千株酢浆草幼苗已经破土而出，我知道我不可能赶得上它们的脚步了，而且我实在是太气馁了。假如我的地很小——就几英尺见方——并且我没有工作，也没有什么其他事情占用太多时间，那我可以天天在院子里巡逻，只为揪出酢浆草。我可以清除每一株小小的萌芽，比如用一把镊子将它拔起，然后扔进垃圾堆。我得天天这样做，干上六个月，风雨无阻，不计寒暑。即便如此，明年我可能还得再重复一遍整个过程，后年也一样。稍加研究之后我已经知道，酢浆草鳞茎在土壤里能存活好些年。它们可不会轻易罢休。

让我情何以堪啊，这个乱七八糟、野草丛生的院子。我感觉自己像个差劲的管家，把脏碟子堆在洗碗池里置之不理。但是，既然我不打算成天在地里拔草，我还能怎么办呢？学会与它们共存？在它们周围种东西？为了从数量上压倒它们，多种些我想要的植物以挤占它们的生存空间？

至少，酢浆草长得到处都是，这个事实安慰了我。我不是唯一受到困扰的人。我逐渐留意到，在邻居家的院子里，在城里走道的空隙间，都有它们的身影，它们甚至会顺着沿海高速公路长成一大片。二月，酢浆草开始绽放荧黄色、喇叭形的花朵。"也还算好看啦。"见我忧伤地透过厨房窗户向外望着我那一小块野花地，斯科特说道。有一次，一个小男孩甚至在我们房前停下脚步，在最下面几级台阶的缝隙里采起花来。他的父母慢慢地跟在他身后，只顾着聊天，没有留意他。当他发现我坐在台阶顶上看着他时，手里已拿了六七朵酢浆草的花儿。我对这种野草深恶痛绝，却有人能看到它的美好，这让我颇受感动。我想起当自己还是个孩子时曾有过的奇妙体验：遇到一株结了籽的蒲公英，刚好能让我许个心愿，再把它吹跑。那时我还不知道，蒲公英是一种野草。

这就是孩子的伟大之处——他们无分别心。也许我能从中有所领悟。也许酢浆草没那么糟糕。我敢打赌，其他人根本没注意到我院子里的那些野草。或许，就像这个小男孩一样，他们看到的只是在阴沉的二月天里播撒了几分欢愉的明黄色花朵。

小男孩见我看着他，因为自己被逮个正着而吓了一跳，丢下了花。我笑了。"摘吧，"我对他说，这时他的父母恰好赶了上来，"把你想要的都摘走。"

"想得美。"他父亲说着，对我咧了咧嘴。然后，他对儿子说道："乔希（Josh），你才不比她更想要那玩意儿呢，那些并不是花儿，它们是野草。"

翻地锄草

第一年我完全没理会这条园艺小提示，所以我也几乎不指望有哪个园艺新手会把它当回事儿。一旦陷入对园艺的狂热，一旦香豌豆的小苗就要堆满后门廊，有谁还能忍得住好几周不去种植，而是先清理杂草、开垦苗床呢？不过我终究还是尝试了这个小技巧，并且多年来一直收效甚佳。

  一旦清理出一块园地，就在上面铺一层厚厚的复合肥或粪肥，然后给地浇水，就好像你刚刚播下一排种子一样。保持苗床湿润一两个星期，直到嫩芽萌发。这些是野草的第二代。如果你一上来就种花种菜，野草会在它们旁边层出不穷。这时把地耙一遍，一边耙，一边拔出野草的幼苗，然后再浇一次水。再过几天，第二拨幼苗就会冒出来，明显比第一拨幼苗稀疏了。重复耙地浇水的过程，持续一两周，直到绝大部分野草种子和根系都弹尽粮绝。这需要很多耐心，但你会得到丰厚的回报：你的花儿会有足够的空间生长，几乎不必应付来自野草的竞争。

邻　人

　　参观附近的花园是园丁的另一项重要职责。参观时不仅要关注花园的秩序和整洁，更要注目于栽培的技艺、独运的匠心，还包括园艺的境界，等等。

　　　　——简·劳登（Jane Loudon），《劳登园艺百科》
　　　　（*Loudon's Encyclopedia of Gardening*），1830

　　我很早就意识到，对邻居的花园进行品评，是此地生活必不可少的一部分。我们在这个老街区里紧挨着彼此，不隔着篱笆张望然后再挑一挑眉，简直是不可能的事。我们家一边是月季，另一边是天竺葵盆栽，街对面则是一大片悉心照料的大黄。我开始通过种在邻居后院里的植物来认识他们：坡道上的"厚萼凌霄女士"，几个街区开外的"樱花哥们儿"，还有"芦荟伉俪"，这对夫妇刚刚搬到海滩边，接手了一个前院，前院的主角是小轿车那么大的一棵芦荟。

每条街都是圣克鲁斯历史的大杂烩。海滩别墅都聚集在港口附近，有些富裕的湾区游客敢于沿着狭窄险峻的公路开到海边，这里从前是他们的周末度假屋。优雅的维多利亚式老建筑高踞在离我们不远的山崖之上，居高临下，俯视全城，那是圣克鲁斯当地最古老的几个家族在炫示他们从蒙特雷湾的渔业中获得的财富。此外就是连绵一个又一个街区的我们家那样的房子：二十世纪二三十年代工匠风格的平房，人们将其用作度假屋。比如一位旧金山的医生就曾经从一名病人手中收下我们现在居住的这栋房子作为报酬，并且二十年来都把它当作垂钓的去处。

除了开车穿过窄窄的街道去上班或者买菜之外，到目前为止我还没怎么了解过周围的环境，因此有一天我决定四处走走，看看情况。那是冬末春初一个阳光明媚的日子，是那年为数不多的晴天之一，不过在我们这条街上，娇嫩的花儿已经含苞初放了。由于我们搬来时是冬天，正值阴雨连绵，我还没有真正感受过晴日里的圣克鲁斯该有多么活力四射。大部分房子刷上了明亮柔和的色彩：柠檬黄、薄荷绿、康乃馨粉，还有大海和天空般千变万化的蓝色。

这里的花园有一种散漫的调调，跟海滨小城很相称。忘掉那些修剪得整整齐齐的草坪吧，我从花园旁边走过时，它们像是在这么说着。规避任何看起来太像是用作"景观美化"的东西。人生苦短，尽情地种吧。仅仅逛了两个街区，我就看见月季园里长着番茄，人们通常种草皮的地方是大片大片的虞美人和西洋蓍草，某户人家在后院的篱笆边上种了一圈朝鲜蓟，沿着小巷，银光闪闪的蓟叶从旱金莲丛中冒出头来。许多前院都种着挤挤挨挨的花草和开花的灌木。有些人把蔬菜种在屋前的升高花坛（raised beds）里，以便充分利用阳光。维多利亚式老房子的花园古色古香，杂草丛生，遮蔽在巨大的红杉树下，这些大树从房子最初建造时起就从来没有被修剪过。花园大多用高高的树篱和缠结的藤本月季挡住了视线。仿佛是在抵御任何天然的野性一般，少数几栋房子只有几何式的石头花园，设计得很规整，用极简主义的红色和白色石块布置而成。

不过，在我看到的所有植物中，我最经常留意到的是酢浆草。家家户户都有。我已经下定决心，要学会跟我花园里的酢浆草好好相处，感觉似乎有了点长进。我现在采取一种放松的态度，不再那么像一个忧心忡忡的家长，而更像一位会同意你把冰淇淋当作早餐来吃的宠溺的阿姨。让野草来吧，我想。还有更重要的事等我去做。迟些我会收拾它们的。

不过，不是所有人都采取这种态度。有些人的院子几近完美无瑕，只有少量小小的酢浆草嫩芽。他们似乎在尝试"在繁殖前手动拔起每株新草"的策略，这项策略要求你从工作中腾出大量时间，只为了赶在酢浆草的前头。我羡慕那样的人。我想成为他们中的一员，但我知道自己永远不会那么做的。对于那些完成了除草任务却仍在地里留下草根和少许草茎的人们，我的认同感稍多一些。他们只是想做点事情。他们希望看到一些进展，即使他们知道，自己遗留在地里的草根迟早都会萌生新的野草。

我转悠时还得到了一些建议。在距离我家几个街区之外，有一栋丑丑的绿色双拼小别墅，夹在两边气派的维多利亚式建筑中间显得十分突兀。别墅前边有一个约莫十英尺长、八英尺宽的小院子。院子里实在是花团锦簇，以至于我一开始几乎没发现在一大棵毛地黄后面还有个女人，她正蹲下身播着种子。她在自家的花园里穿着旧旧的蓝色家居服和登山靴，看起来兴高采烈。我明白她为何看起来那么开心——她的花园已经满满当当，再没有一点空隙了。无论是夹道生长的欧洲报春，或是粉色、白色的大波斯菊，还是门前的藤本月季，每棵植物都在尽情地绽放。而且连一株酢浆草都看不到。我向她请教其中的诀窍，她告诉我，她用黑色塑料地膜来抑制杂草。还要使用大量的腐殖土，她补充说道，一边挥舞着一个已经空了的腐殖土塑料包装袋。

忽然间，我迫不及待想回到自己的花园开始栽种。我没想到花园在一年之初就能长得这么好。我感觉自己已经掉队了。我边走边在心里做笔记，不断在我的词库里增加新的园艺术语：**腐殖土、地膜。**

在距离我家没几个街区的地方，我差点被人行道上摆着的一堆皱巴巴的棕色球茎绊倒，球茎上还带着泥，旁边有一块手写的告示牌，上面写着："火星花。火焰般的橙色花儿。带些回家吧。"院子里有一块刚翻过土的花坛，种着翠雀，那儿应该就是火星花原来的地盘。翠雀是蓝盈盈的纤细花朵，我顿时明白了花园的主人为何会挖起火星花的球茎："火焰般的橙色"和翠雀是完全不搭调的。我四下张望，想看看把球茎放在人行道上的人是否还在外面，但周围一个人也没有。我挑了几个球茎，拿在手里翻来覆去地端详。它们又圆又扁，包裹着一层纤维质地的外皮，这外皮看起来更像一片麻布，而非任何在土里生长的东西。从这样矮墩墩的球茎里长出花儿来已经很不可思议了，更何况长出的还是炽烈到不适合跟淡雅的翠雀种在同一个花坛里的花儿。

我自己的花园不必担心会发生这样的冲突，至少现在还没有。我可以从火星花种起，一路种下去。我种的每一种其他植物都只能学着与它们和谐共处。我拿了几个球茎——余下的就留待后来人去发现吧——然后一边走回家,一边感受着我夹克口袋里纸皮般的球根发出的沙沙声。我觉得自己受到了热烈欢迎。这份来自邻人的乔迁贺礼可比一个烤盘好多了。

我回到家时,隔壁邻居查理(Charlie)正在外面除草。他和太太贝弗利(Beverly)住在我们右侧一栋有着白色砂浆外墙的房子里。房子前面是一排盛开的粉色盾叶天竺葵,其后是一架馨香的风车茉莉。他的花园看起来有条有理,备受呵护。看着就像是有人精心照料,很把它当一回事儿的样子,实际上也确实如此。查理越过篱笆看了一眼我那堆褐色的球茎:"你在种什么?"

我努力在说出它的名字时表现出自信的样子:"火星花。"接着,考虑到火星花可能有好些不同的品种,我又补充道,"火焰般的橙色花儿。"

他点点头:"是的,我知道。你是说那些吗?"他指向一丛刚刚破土而出的、尖尖的嫩叶。它们一半长在他的院子里,另一半则在我这边。

"那是火星花?"我感到难以置信。

"是哦。它们也沿着巷子长。如果你还想要,可以去外面挖。"

我已经开始拔出蓝目菊来给它们腾地方了,前院被我弄得乱七八糟。坐在当中，我觉得自己有点儿傻。我早该明白的。除了这种最寻常的植物，还有什么东西会被放在人行道上免费任取呢？显而易见，人人都有火星花，这就是为什么它们甚至会送不掉，只有送给我这样的新手。

住在一群人人乐于交流的街坊邻居中，好处之一就是我没多久就能把不想要的植物送出去，延续这种循环。第二天，当厚萼凌霄女士刚好路过，问我她能不能拿走一些蓝目菊，就是我为了给火星花腾地方而拔出来的那种花。我觉得自己有几分搞笑，在我那堆拔出来后略已凋萎的植物里翻来找去，好找出点什么送给她。努力铲除我不想要的植物，这样我就可以腾出地方来种别人不想要的植物，这倒是自成一种匪夷所思的逻辑。这有点类似办一次车库旧物大甩卖，只是为了腾出地方来放从别人家的车库旧物大甩卖中买回的各种东西。她把蓝目菊归拢起来，回家去了。我坐在门廊的台阶上看着她离去。那些拔出来的植物在她手中像是两捧巨大而怪异的花束，就像弗兰肯斯坦的怪物*没准会为他的新娘准备的那种，花朵向四面八方探出头去，

---

* 指小说《弗兰肯斯坦》中，科学家弗兰肯斯坦博士用各处搜集的人类肢体和动物器官拼接而成的一个怪物，巨大丑陋，并且要求科学家再用同样的方法为他制造一个新娘。

乱蓬蓬的褐色根系几乎垂到她的膝部，泥块纷纷落到地面上。

等她绕过路上的拐弯，消失在视野之中，我从台阶上跳下来，站在街上欣赏我目前干完的活儿，整体效果不错：酢浆草已清除干净，至少目前如此；曾经种着蓝目菊的地方，现在是规规整整的一块方地，耙得平坦松软，种上了火星花球茎。打现在起，火星花随时有可能穿透泥土，冒出小小的绿芽，而蜂鸟会在一旁流连，守候着火焰般橙色花儿的绽放。

繁衍植物的邻里之道

住在一个园艺爱好者众多的社区，其中一个绝妙之处就在于分享植物。这样不仅能传递植物，也能传授经验。"我有多出来的朝鲜蓟，"有次住在坡道下的女人这么说着，递给我两棵茁壮的幼苗，"拿去吧，到了秋天，你会想把它们用在你的插花里。"直到某一年十月，我看到一棵留在茎上的朝鲜蓟绽放出明蓝色的花朵，这才领会了她的意思。人们也会赠送植物以便留个保险：如果你每个秋天都分送出去好些鸢尾的根茎，你就会非常笃定，即使你的鸢尾宿根被地鼠啃光了，邻居们也会有不少可以回赠给你。问题在于，当有藤蔓、细枝、块根隔着篱笆递过来的时候，我不一定知道该拿它们如何是好。

事实证明，剪枝和扦插是一项专门的学问。正确操作，需要工具、药粉和药水，还要相当有耐心。以下是必备材料的清单以及一些指南，便于新手起步：

生根粉或生根剂（大部分苗圃有售）

抗真菌剂

缓释肥

嫁接刀或园艺刀

用于消毒刀具的酒精和蜡烛

育苗盘

种植介质，比如苔藓泥炭和树皮屑1∶1搭配的混合物

喷雾器

①在育苗盘里填充种植介质，用喷雾器充分喷湿。

②把你的园艺刀浸入酒精，接着用蜡烛火焰快速地烧一下，以此消毒。

③在叶节上方剪下一枝接穗，并用刀将侧面的笋芽和下面的叶片全部切除。然后，在靠近茎基部的地方削掉一段表皮，造出

一个"伤口",这样可以使植株上发生细胞分裂的位置暴露出来。

④把接穗的底部连同伤口一同浸入生根剂,然后插到装好种植介质的育苗盘里。充分喷洒抗真菌剂,之后每两周就再重复喷一次。保持种植介质均匀湿润,定期施用缓释肥。

⑤生根过程需要几周到几个月的时间。

还有另一种扦插的方法,当我时间和耐心不够时会这么做:对邻居赠送枝条表示感谢,把它插进土壤里,浇上水,然后就是等待。有些枝条生根发芽,有些则毫无动静。我只是希望,邻居永远都别提出要来看看他们的枝条在我的花园里长得怎么样。迄今为止,我还挺幸运的,他们从没这么要求过。

猫　　咪

　　大家公认，没有猫咪的花园根本不配称为花园……如果当我们弯腰凑近帚石南花丛时，没有机会听到繁花间微弱的窸窣声，没有机会发现自己正与一双昏昏欲睡的绿眼睛四目相对，那么帚石南花丛的大部分魔力都会消失不见。

　　　　——贝弗利·尼科尔斯（Beverly Nichols），《花园明天就开门》
　　　　　　　　　　　　　　（*Garden Open Tomorrow*），1968

　　我们搬进这所房子时带了两只猫，勒罗伊（Le Roy）和灰灰（Gray Baby）。我们安顿好后，又把它们在屋里关了将近一周。我曾经在哪儿读到过，猫咪靠阳光来定位，会记住代表自己家的特定光线倾斜角度。我敞着窗帘，让它们从一扇窗户到另一扇窗户，把所有的一切尽收眼底：大海、河流、杂草丛生的花园、我们门前略显繁忙的街道。于是，等它们到外面去的时候，它们清楚地知道自己的归宿在哪儿。它们从来不会偏离太远。

勒罗伊马上标记了自己的领地，宣称对我们家整个院子和查理家大部分院子行使权利。他是一只青春而充满野性的小东西，在我和斯科特读研究生时，因为隔壁邻居莎拉（Sara）的弃养而来到了我们身边。"他是只恶魔猫。"莎拉把猫交给我们时说道。勒罗伊当时还是只小奶猫，长着棕灰色的虎斑和四只雪白的爪子。他能坏到哪里去呢？

"你只是不懂猫，"我们对莎拉说，"你更适合养狗。他会和我们愉快相处的。"几年过去，直到莎拉来圣克鲁斯看我们时，她才说漏了嘴，提起勒罗伊曾经尿在了她的羽绒床品上。"鹅绒没法清洗，你懂的。"她说道，显然还愤愤不平。

"他干了**什么**？"我震惊地问道，"你把他送给我们时可没说过这回事儿。"

"呃……我没说吗？我很确定我说过啊。"她心不在焉地答道，弯下身去挠勒罗伊的耳后。

不过，莎拉对勒罗伊的判断是正确的。他**还真是**只恶魔猫。他身上的野性难驯与铤而走险的个性如此根深蒂固，一直让我们捉摸不定。早在奥斯汀的时候，我们刚开始养他的头几晚，他就在我们的公寓里转圈跑，从前门出发，奔过厨房，冲进我们的房间，越过我们的床，频频把我们的枕头当成跳板，把自己发射进浴室，然后再回到前门。我从未见过哪种生物有如此不顾一切的能量。最后，斯科特想到了一个主意，在我们睡觉前给他的尾巴贴上一条胶带。他会追着自己的尾巴，试图抓住胶带，直到最终晕头转向地倒下，筋疲力尽，进入梦乡。

勒罗伊长大后，开始习惯于睡在被子下面，依偎在我们俩之间，脑袋枕在枕头上。假如夜里我俩有一个人翻了身，他就会伸出爪子，轻轻地靠到我们身上，仿佛是在防止我们滚得太远。这个动作何等甜蜜贴心，让我们原谅了他的荒唐行径。半夜里，我伸出手抚摸他时，他便醒来并开始发出呜呜声，接下来的一分钟内，斯科特会在猫咪温暖的腰侧摸到我的手，然后我们又沉沉睡去，通过这只"液态"的猫咪连接彼此。我们由此断定他是一只爱侣之猫，一个情人。然而到了白天，他仍然是一个愚蠢而倔强的斗士，招惹狗、臭鼬、浣熊，还有那些在体形和谋略上都远胜于自己的猫。他经常消失不见，然后遍体鳞伤、情绪崩溃地回到家里。他要蜷缩在我们俩之间度过一个长长的夜晚，才能充分得到治愈，并再次投入那些古怪又无用的战斗。

他的确为这些战斗付出过代价。战斗留下的伤疤相当醒目——撕裂的耳朵、弯折的尾巴、带疤的鼻子，这些疤痕不但没能让他显得更加坚毅，反而减损了他仅有的一点体面。有一次他还被臭鼬撒了泡尿，半夜里回到家，浑身臭烘烘的，还想爬上床和我们待在一起。

和斯科特一起生活在尤里卡的时候，勒罗伊曾经跟一只狗打架。那只狗猛地把他的股骨尖咬断了。斯科特当时手头非常紧，花五百美元为勒罗伊做髋关节手术，好让他重整旗鼓，回归战斗，这件事情他得考虑再三。然而，勒罗伊赢了。毫无疑问，斯科特忍痛交出了他的信用卡，对这件事的荒唐可笑摇了摇头。兽医留下那一小片碎落的股骨，装在一个橙色处方药瓶里交给了斯科特。每次勒罗伊胡作非为的时候，斯科特就对着他摇响这个瓶子，像是在说，小心啊，不然你下次就没这么走运了。

我们来到圣克鲁斯后第一次让两只猫出去玩时，勒罗伊像只小奶猫一样在院子里蹦蹦跳跳，即使他当时已经五岁，妥妥地成年了。他追小鸟，扑蝴蝶，好奇地把爪子卡在臭鼬洞里。不过他什么也没抓到。几天之内，他已经决定了这个院子是他的地盘。每次我到外面去，他都表现得很惊愕，因为我竟然决定要加入他的世界。他轻轻蹿上橙子树，透过枝叶看着我，尾巴疯狂地挥舞着。当我低下身子在地里除草时，他又从身后靠近我，把爪子放在我的肩膀上，像是在说，我在这儿呢，你刚才是在找我吗？

灰灰恰似勒罗伊的反面，她对后者的不屑一顾已经表明了这一点。如果说勒罗伊年纪轻轻，胆大妄为，那么灰灰就是上了年纪，谨慎睿智。如果说勒罗伊笨手笨脚，那么灰灰就是举止优雅。如果说勒罗伊总是索求我们的关注，当我们忽视他时，又是嗷嗷哀叫又是挠地毯，那么灰灰就总是安安静静地坐在一旁，高贵得像个女王，直到她仅凭庄重的沉默就引起我们的关注。

灰灰还是只小猫咪时就跟着我了，那时我才上小学三年级。她与我形影不离，在门前的停车道上等我放学回家，睡在我的枕头上，和我头靠着头，跟着我从一个房间走到另一个房间，用她刺耳的嗓音追着我叫唤。她焦虑地守护着我成长，简直就是长着猫胡须的妈妈：夜里她总是先围着我的床转几圈再跳上来，早上我出门时她用担忧的眼神一直目送，仿佛她太不放心让我到房子外头去。我以为她会一直这样照顾我。我从没想过会看着她日渐衰老，而我有朝一日会成为照顾她的人，但很显然事情就是这样。

我们搬到圣克鲁斯时，她已经十七岁了。我根本没想过她能活那么久，一路跟着我"迁徙"，从我长大的阿灵顿（Arlington）*，搬到奥斯汀我的大学公寓，最后来到加利福尼亚，这里海边腥咸的空气和海鸥的叫声会让她像只幼猫一样鼻子抽动、耳朵竖起。对她这样大半辈子都生活在得州城郊人家后院里的猫而言，加州肯定如同一个陌生的国度。但她竭尽所能地去适应。无论如何，只要她还在我的身边，这里就是她的家。甚至，在最温暖祥和的日子里，她会跟着我到室外去，这时她可以在后门廊上晒太阳，用半睁的眼睛小心翼翼地看着我。

灰灰年轻时是个娴熟的猎手，几乎每个夏日清晨她都会把无头的老鼠摆在门前的台阶上。要是再年轻几岁，她可能还会对飞进我家花园的鸟儿感兴趣。现在，这个任务落到了远不如她老练、又远不如她机敏的勒罗伊头上。初春的某一天，当我看到勒罗伊坐在柠檬树下，疯狂地甩着尾巴，眼睛专注地盯着头上茂密的树冠时，我就知道他准备图谋不轨了。几天后，我看到了他之前凝神观察的是什么：一对正在高处的树枝上筑巢的反舌鸟（嘲鸫）。连续好几周，每天早上我冲完澡以后，都会擦掉浴室窗户上的水汽，然后向外窥视，看着它们在花园里跳来跳去，挑拣

---

* 美国得克萨斯州的一个城市。

树枝，轮流往返巢间。与此同时，勒罗伊也在观察着，熟悉着。

反舌鸟夫妇要么待在鸟巢附近，要么围着鸟巢跳来跳去，用警惕的目光注视着勒罗伊，并且攻击任何胆敢靠近的鸟儿。它们在我们的院子上方设立了一个禁飞区。只要它们发现有海鸥高高地滑翔而过，从房子上空飞向海边，它们就会跳上屋顶，对海鸥放声大叫，指责海鸥靠近了它们的柠檬树。

我很担心这些鸟。勒罗伊似乎对它们很着迷，在柠檬树下转来转去，把反舌鸟吓得不轻，它们惊慌失措地从树上振翅飞起。但是，他还没开始追捕它们，而我从前也没见他杀死过其他鸟，所以我只是半开玩笑地看着它，在后门廊上发出我的劝诫："勒罗伊，'杀死一只反舌鸟'可是一种罪过。"

后来，三月里的某一天，我听到鸟儿尖厉地叫着，一转身刚好看到勒罗伊亚奋力向树上爬。我匆匆来到树下，把他从树枝上拽下来，同时抬头扫了一眼鸟巢。鸟巢离地也就六英尺，连我都能一伸手就把它扯下来。

我把勒罗伊带进房里，重重地放在斯科特的膝上。"他想抓鸟。"我对他说，有点破音，"我们该怎么办？我们不可能把他关在房里等到鸟蛋都孵好。"

"我不知道……"斯科特说，心不在焉地抚摸着勒罗伊。他站起来，走到车库里去想办法。我跟在他的身后。经过好几分钟的翻箱倒柜，我们决定围着树的基部安装一圈类似鸡笼铁丝网的围栏。反正只有一根主枝通向鸟巢，因此我们认为只要能阻止勒罗伊上树，就能使他够不着鸟巢。

我知道，鸟儿看到我们离它们的巢那么近，一定吓坏了，但我们动作很快，不到十五分钟就在低矮的枝条上缠好了铁丝网。当天勒罗伊再也没到这棵树旁边去，但我们还得观察几天，确保他没法越过细铁丝网。我开始像反舌鸟父母一样，紧张地守候在一旁，总是疑神疑鬼地盯着小猫。

终于，在几个星期后的一个清晨，我走到外面，听到了雏鸟的叫声。那是一种细声细气的嘎吱声，像合页生锈的门开开关关时发出的声音。隔着窗户，我虽然看不到鸟宝宝，但能看到那对父母正在疯狂地哺喂它们。它们匆匆飞向地面，接着又飞回鸟巢，轮流向鸟宝宝弯下身子。我知道我待在旁边只会让它们紧张，但我忍不住想去看看鸟宝宝。我蹑手蹑脚地走进花园，站在柠檬树下远离鸟巢的那一侧，扯着脖子，努力地想透过枝叶看到它们。两只成鸟立刻僵在原地，用它们锐利的黑眼睛盯着我，停栖在鸟巢边，一动也不动。

过了几分钟，鸟爸爸和鸟妈妈适应了我站在那儿，其中一只飞向地面，嘴里叼着些东西又飞回鸟巢。突然之间，冒出三颗小脑袋，它们的脖子向后仰着，嘴巴张得大大的。那只鸟把头依次埋到每张嘴里，紧接着三只鸟宝宝就消失了，速度和它们出现时一样快。

鸟宝宝长得很快。它们持续不断地对爸妈吱吱叫着，如果说反舌鸟也可以显得精疲力尽的话，这两只鸟便是印证。它们不再因勒罗伊而担惊受怕，也不会因我或斯科特蹑手蹑脚地走近，凭借树另一侧的有利位置窥看它们的鸟巢而发愁了。照顾那三只雏鸟已经耗尽了它们全部的精力。它们让我想起了经典的卡尔冈广告*里的那个妈妈，她被孩子、家务和电话铃声搞得精疲力尽，最后锁上浴室门，让自己浸入一浴缸的泡泡中，长长吁出一口气："卡尔冈，带我走吧。"

有一天我回到家，在后院里没有听到小鸟平时的吱吱叫声，就知道那些鸟宝宝已经离巢了。不出所料，鸟巢空空如也，但是鸟宝宝仍然待在家附近。我能看到它们，就像父母的缩小版，在

---

* 美国品牌，主要生产水软化剂、沐浴和美容产品。作者提到的是二十世纪七八十年代该品牌一个经典的浴盐广告。

篱笆顶上一路蹦蹦跳跳，跟着爸爸妈妈走来走去，并且努力地模仿它们的曲调。

但是，当我意识到自己只看见了两只鸟宝宝时，我的心为之一沉。我开始在后院里搜寻，小心翼翼地迈步，拔起丛丛杂草，扒开新种下的地被植物。仅仅花了几分钟，我就发现了一具鸟宝宝的残骸，身体被啃掉了一半，丢在柠檬树下。

我认识一个叫简（Jean）的女人，她曾经失去了一只宠物鸟。这只鸟和她共同生活了很多年，陪她聊天，对她吹口哨，和她玩些小把戏，还会在她睡觉时高高地站在床柱上守护着她。有一次，周末她要进城，就把鸟儿留给男友照看。他养了一只猫，不过他保证把猫关在公寓的客厅里，而把鸟关进笼子并锁到浴室里。

但是，果不其然，悲剧不可避免地发生了。周日当她的男友回家时，发现浴室里乱糟糟地散落着翠绿和明黄的羽毛。

简过了相当长一段时间才从失去鸟儿的阴影中走出来。然而她再也不想看到男友的猫了。"每当想到我的鸟儿曾经在它的肚子里，我就无法忍受待在这只猫旁边。这就像和杀人犯共同生活一样。你知道吗，它把那只鸟吃下去的第二天就吐了，吐的时候我就在边上。我一直在想，它吐出来的是我的鸟儿吗？"

我明白她的感受。夜里，勒罗伊爬上我的床时，我确信他的呼吸中有血腥和羽毛的味道。我有一周时间没法和他一起睡觉——这个小杀手。直到很长一段时间之后，我才能正常地看着他，而不至于也同时看到那只鸟宝宝。

从此之后，再也没有鸟儿在我们的花园里筑巢了。我感觉糟透了，那棵柠檬树也许多年来都是筑巢基地。鸟儿们沿着篱笆跳来跳去，小心提防着勒罗伊。它们只在大清早，趁我还没把勒罗伊放到室外开始一天的活动前，才会飞到花园里。久而久之，我已习惯了早上打开后门时它们飞快地、扑棱棱地离去，耳边传来空气流动的声音。鸟儿猛烈地拍翅飞起，仿佛整个花园都在惊飞四散。

对于猫咪和鸟儿在花园里共存这种问题，看来并没有一个简单的答案。我曾经试图给猫戴上铃铛，然而它们身体力行地表示反对：在外边花园里能够确保铃铛一声不响，等到晚上睡觉时爬上我的床，就开始弄出轻柔的叮叮当当声，整晚响个不停。我把喂鸟器挂到很难够得着的高处，希望鸟儿能安然停落，远离猫的魔爪。而我也常常在想，一只像勒罗伊这样的猫——一只能力低下、三心二意还盲目自大的猫——怎么可能胜过篱笆上敏捷的小麻雀呢，更不用说好斗的反舌鸟了。有一次我看到勒罗伊嘴里叼着东西，跑向花园荫蔽的角落，而当我冲出去拦住他的去路时，简直无法相信自己的眼睛：在他嘴里的是一只亮蓝色的蜂鸟。我粗暴地抓住勒罗伊的后颈，迫使他因为受惊而张开嘴，那只鸟飞箭般地逃开了，安然无恙。我对勒罗伊的行为很反感，但同时也对蜂鸟有点失望。一种如此灵敏、机智的生物，怎么会让我那只没头脑的虎斑猫得逞呢？

猫鸟共处的问题，并没有阻止我让猫咪探索我的花园。它们已经被禁足在露台上太多年了。我很高兴勒罗伊有树可以爬，有灌木丛可以藏，有地方可以探索。尽管灰灰不常到外面去，但她也在后院找到了一个阳光充足的温暖角落，远离喧嚣，远离车来车往。我曾想过，如果我种些猫薄荷，说不定甚至能引诱她到花园里逛一逛。再说了，勒罗伊热爱猫薄荷，尽管我仍然对他攻击鸟儿的行为耿耿于怀，但也是时候和他重归于好了。

我在苗圃找到了猫薄荷，它们被种在一加仑的花盆里，已经是完全长成的植株了，随时可以让猫咪畅享一波又一波的迷幻。猫薄荷正在促销中，一道促销的还有洋甘菊，它们开满了有着黄色花心的小小白花。"将洋甘菊用热水浸泡，再加上些猫薄荷叶，就是一杯舒缓的花草茶。"手写体广告牌上这么写道。洋甘菊猫薄荷茶？听起来特别"加利福尼亚"，特别养生，特别有机。我将两种植物各拿了一盆，它们赏心悦目的花朵在购物车里混在一起，仿佛已经肩并肩地生长在院子里。

回到家以后，我把猫薄荷放在屋外门廊上，摘了片叶子带到屋里。两只猫都一跃而起，勒罗伊虎视眈眈，灰灰则哆哆嗦嗦。它们跟着我在客厅里转悠，大声地喵喵叫，直到我把叶子分成两半递给它俩。灰灰用身体蜷住属于她的半片叶子，把脸埋在上面，发出细微的鼻息声，以前我从没听她发出过这样的声音。勒罗伊则就着我的手心吃掉了他的那半片，牙齿蹭着我的皮肤，口水流到我的手掌中。当我试着把手移开时，他用爪子紧紧拽住我的手。显然，我找到了有效武器。我把它俩锁在屋里，自己到外面种猫薄荷去了。

我把猫薄荷种在院子边上的角落里，希望猫儿们短时间内不会发现它。虽然，我早该知道——当我转过身，回视屋里，我看到勒罗伊坐在窗台上，尾巴敲着窗玻璃，正凝望着我，眼中黯光闪动。我从之前用来围住柠檬树的那卷材料中取了一小段，做成了一个细铁丝网罩，然后挖了个足够大的坑，以容纳植物的根部和细铁丝网罩的底部。我把网罩圈在猫薄荷周围固定住，网罩底部和植物根部一起埋进土里，让枝叶舒展开，任由一些嫩芽探出铁丝网外。我希望这么一来能把猫咪拦住,让猫薄荷再长大一点。种洋甘菊时,我同样让猫儿们等在屋里,接着还采了些洋甘菊花和猫薄荷叶准备泡茶,然后才把它们放出来。

勒罗伊迅速向猫薄荷奔去,而灰灰慢悠悠地走在后面,每一步都走得小心翼翼。直到勒罗伊都快要把伸出铁丝网外的猫薄荷叶吃光了,灰灰才总算赶上了他。灰灰对他发出低沉的、不耐烦的嘶嘶声,仿佛在说,难道没有人教导过你要尊敬长辈吗?勒罗伊挪开一段距离,好让灰灰过来啃叶子。

我不太了解猫薄荷对猫咪的影响。我曾听说,它对猫咪而言既是兴奋剂也是镇静剂——真是自相矛盾,此外,它还是一种催情药,也是一种迷幻药。无论是什么,它都让两只猫儿骚动不已。勒罗伊在猫薄荷旁边的泥地上打滚,紧紧攥住一片湿漉漉、烂糟糟的叶子凑向自己的脸。灰灰则仿佛突然爱上了铁丝网,摩擦着网罩,焕发出久违的青春活力。那个网罩看起来能很好地承受她的爱意,于是我决定不在旁边看守,而是去给自己泡杯茶。我走进屋里,烧上一壶水,取出一个干净的玻璃马克杯,然后把烧开的水倒在猫薄荷叶和洋甘菊花上。它们看起来赏心悦目,浮动在热水中,慢慢把热水变成一种可爱的淡绿色。完美的园丁饮品,我心想。

如果说我之前还不清楚猫薄荷对猫有什么影响,这下子我很快了解了它的功效——以及洋甘菊的功效——包括在人身上的。几个小时后,斯科特回家了。他发现后门敞开着,而我们仨在起居室里蜷成一团——灰灰趴在我的枕头上,正朝着我的耳朵呼哧喘气,勒罗伊摊在我的胸口上,脑袋塞在我的下巴底下:我们仨都在猫薄荷的芳香中酣然入梦了。

猫咪花园

猫薄荷并不是花园中唯一讨猫咪喜欢的植物。我从对勒罗伊和灰灰的观察中了解到,一个好的猫咪花园不能只是为它们提供最爱闻的气息。应该要有地方可以玩,可以躲,还要有东西可以追。以下植物,我相信会被勒罗伊和灰灰提名为在我的花园中它们最爱的植物:

• 紫花猫薄荷:几乎和猫薄荷一样棒,有清新的香气,开出一簇簇蓝色的小花。我的两只猫都会在花丛中打滚,啃咬它的叶子。

- 猫草：时不时吃几片长长的草叶能让猫咪肠胃舒适，防止胃里的毛球结团。我甚至专门在屋里种了一盆"猫草"给灰灰，因为她不经常到外面去。
- 迷迭香：这种茂盛的植物给勒罗伊提供了一个躲猫猫的地方，同时也是大热天里猫咪打盹儿的好去处。并且，留在他皮毛上浓烈而怡人的香气能持续一整天。
- 喷泉草：这种高大的观赏草会在微风中轻轻摇摆，这个动作和细微的沙沙声相结合，让猫咪忍不住想往上扑。我甚至见过灰灰心情不错时也凑热闹一起玩。

泥　土

> 你必须对土壤有所了解，必须对你的土壤进行检测分析，然后经过一系列实验找出它的所需之物。检测分析必不可少——我对此非常清楚：每件事情都需要分析。
>
> ——查尔斯·达德利·沃纳（Charles Dudley Warner），
> 《我的花园之夏》(*My Summer in a Garden*)，1870

因为各种阴差阳错，新手花园是很烧钱的——失误总是代价高昂。一年生的开花植物，如果自己从种子种起，费用相当便宜；如果从苗圃购买已经帮你种在一加仑花盆里的，那就非常贵了。但是作为一个园艺初学者，我对这些根本就一无所知。而且我还错上加错，把植物种到了错误的位置，在那里它们要么缺少阳光，要么水分太多，要么是由于我当时还完全没概念的神秘的"土壤缺陷"，反正后来就枯萎了。有句老话是这么说的：如果你有一块美金和一个花园，你应该把九毛钱花在土壤上，一毛钱花在植物上。但我当时还没听说过这句话。我对泥土不感兴趣。我感兴趣的是植物——大棵的、开花的、生机勃勃的植物——并且我想马上就得到它们。

我每个周六都泡在苗圃里，寻找能添置到花园里的新东西。我是一个纯粹的冲动购物者，每当我来到苗圃，无论恰好遇上什么植物开花，我总是放任自己受其蛊惑。看到眼前的这些植物，我充满了全新的、强烈的、无法抵御的渴望，渴望着去创造点东西——有价值的东西——从一小片土地和一些花儿之中创造出来。我把我的院子看成是一块巨大、崭新的油画布，而逛苗圃就好比是逛颜料店，在那儿，颜料管里的色彩多得令人眼花缭乱，有着无限的可能性。在苗圃里，我站在塑料花盆之间，对我的花园浮想联翩，那是它最为美丽的时刻。我买了薰衣草、墨西哥鼠尾草、迷迭香、金鱼草和金盏花。我从苗圃里用购物车拖出一车又一车的植物，确信每车植物都会让我离幻想中的花园更近一些。

我把花儿种在侧院，这样一来，每当我走出前门，第一眼就会看到它们。在门廊上的四个酒桶里，我种满了一年生的开花植物。在后院，橙子树和柠檬树的另一侧，我开辟了一个还算说得过去的菜园，在里面种上了西蓝花、羽衣甘蓝、荷兰豆，还在我们和邻居查理家共用的篱笆旁种了一小畦芫荽。有时,如果我在周六就种完了所有要种的东西,周日我会再去苗圃购买更多的植物。

我选中了圣洛伦索花木中心——圣克鲁斯最大的苗圃——作为我的"独家供货商",之前我还考察过小城另一边几家较小的、拥挤的苗圃,还有两家特色苗圃,一家专营竹子,另一家则专卖秋海棠,它们肯定满足不了我的全部需求。圣洛伦索是个显而易见的上佳选择,是几乎每一个当地的园艺爱好者都会在周末蜂拥而至的地方。仅从外面看,它就极具诱惑力。苗圃停车场周围是大型的、对外开放的花园展示区,里面种满了开花的灌木、攀爬的藤蔓,参差交错。花盆和袋装的花肥摆在前面,放在一起还有红木的花园家具和几架子不适合室内种植的植物。

每逢周末,我走进苗圃时就像我的一个朋友走进蒂凡尼专卖店时那样"无助",她每次都用颤抖的手指拿着信用卡在珠宝柜台上刷卡付款。当我走进圣洛伦索,满目是整齐排列的植物,花朵从吊篮中倾泻如瀑,在架子上喷薄如溢,这样的景象在我身上产生了相同的效果。我开始理解她的感受了。一个人在这样的场合中是有可能失控的,而我向来如此。当你打造一个花园的时候,根本就没有预算这回事。我随心所欲。**我样样都买。**

苗圃也是个社交场所，和鸡尾酒派对没什么两样。人们到处扎堆乱逛，谈天，微笑，像对待一盘开胃小菜似的打量着植物，挑挑拣拣。而正如鸡尾酒派对一样，人们基于共同的兴趣成群结队，有的簇拥在多年生草本植物周围，有的挤进温室去看兰花，有的聚集在遮阳棚下大聊特聊刚刚到货的天竺葵。作为一个新手，我推着购物车在货架间走来走去，经过一个又一个人群，偷听他们的谈话，试图搞清楚自己适合加入哪一个。

当你走进圣洛伦索，首先看到的是一片盆花，六个花盆为一组，按颜色排列，像一块什锦拼布被单。前排的大部分花儿相当普通：三色堇、凤仙花、矮牵牛、万寿菊。它们很诱人，涂抹出一道又一道最当季的色彩，然而出于某些原因我选择与它们保持距离。我看到人们推着购物车围着它们打转，谈论着如何将他们露台上的花槽和遮阳棚进行色彩搭配——等等，花园里的色彩搭配？

这恰恰不是我的风格。我想加入的是那些推崇有机园艺的死忠派，那些城市里的农民。虽然我也曾偷偷地渴望拥有这样一个速成的花园。想拥有这样的花园，你只能大量购买一年生开花植物，施用合成肥促使植物超越自己生理极限地爆盆开花，并且按照园艺杂志附带的那些常规种植方案来栽种这些植物。

不，我想成为的是指甲缝里带着泥土的人，在院子里种植塌棵菜和日本水菜之类有着外国名字的鲜嫩菜蔬。这样的人群混迹于苗圃的后半截，胸有成竹地在培育有机生菜苗的育苗盘间精挑细选。这些人才是我的同类。他们在一排排凉季蔬菜的货架上挑选，蔬菜旁边通常摆有硬纸板做的告示牌，牌子上是龙飞凤舞的手写体提醒："豌豆在春雨时节要小心防涝"，或者，"三月底之前，易受霜冻影响的地区要注意保护好欧芹"。我完全搞不清楚，我应该种多少蔬菜才能在晚春有点收成，也不知道什么蔬菜在海滨地区长得最好，尽管三月已经过去了一半，可海边的天气仍然寒风凛冽。我从每一种蔬菜中拿了两三株，在购物车里随意排列着，就好像我只是准备在农场里多开垦一英亩土地，又好像我不过是定期在每周六进城来采购秧苗和物资。我很乐意当作其他园艺爱好者都在对我点头称许，但实话实说，根本没什么人注意到我和我对蔬菜苗的疯狂选购。

　　我带着植物离开苗圃，这很快变成了一项周末的仪式——离开时我得开车绕过高高堆叠着一袋袋腐殖土、覆盖物、盆栽土和粪肥的堆货托盘。我一直在想，是否应该听从那个住在坡道上、院里开满花的女子的建议，为我的花园买一袋腐殖土。看起来，其他人个个都买了这玩意儿。人们几乎是源源不断地把车停过去，把一袋袋 20 磅装的花泥装进皮卡车的车斗里。我望着一袋袋公牛粪肥、苔藓泥炭和红木树皮屑，考虑了一下，然而我不知道哪一种更适合我的花园。再说了，谁会需要那么多的土呢？难道在他们家里，在他们自己的花园里，没有土吗？我确定，这些人家里一定有比我的小花园重要得多的大项目。他们想必在实施大型景观工程，比如填充花槽或者耕耘园地。光是想想要把那么多肥料都施到地里去，我就已经觉得筋疲力尽。况且我只是种些蔬菜和花儿而已，用不上那么多的泥。

但事实是，情况有些不对劲。在头几个月里，植物都没怎么长。那株小小的金鱼草幼苗似乎被太平洋不断吹拂的风和雨击垮了。就连更大棵的开花灌木看起来也根本没长高一英寸，我都开始怀疑它们甚至有些萎缩了。任凭我增添了多少植物，我的院子仍然没有成为我设想的那个狂野、庞杂的植物乐园。没有植物长高长大，展现威风凛凛的英姿；没有植物盛极而衰，犹如芳华过尽的美人。

我不知该怎么办。我在院子里转悠，查看着脆弱、幼小、仰赖于我的那些植物，忧心忡忡。一天，斯科特走到外面，一路跟在我身后。

"你认为问题会出在哪儿?"他问道。

我叹了口气:"我不知道。你觉得是因为太冷了吗?"

"呃……"我看得出斯科特在考虑怎么组织语言比较委婉。"其他人家的花园里好像并不太冷啊。"他环顾着院子,若有所思,"你懂的,在我们小时候,我妈妈一直在打理花园。我依稀记得,我们给菜畦买了许多粪肥。也许我们可以试试那个。"

可怜的斯科特。我把他赶出了花园,告诉他我希望花园完全由我掌控,而他现在只能袖手旁观,看着它承受我的不当操作。我想起苗圃里那些各种各样的大包装腐殖土。莫非我的土壤不像我所认为的那么完美?刚开始的时候,土壤确实看起来一切正常。在我打理花园的头几周,土地被雨水打湿后,我曾经翻过地。泥土很松软,在我的铲子下散落成大块的碎泥。几条蚯蚓惊慌失措地蠕动身体。没什么异常情况啊,我想。看起来和我以前见过的其他泥土一样。我有什么理由不想在这样的泥土上种东西呢?

我自己的书架上也不是没有关于这个问题的绝佳建议,我本来应该照章行事的。我有一本破旧的皮面精装版《劳登园艺百科》，出版于一百七十年前*，是我从跳蚤市场上淘来的。它提出了这样的忠告："花园的泥土应当通过适当翻动等方式，保持一种松散、芳香而肥沃的状态，否则肯定成不了什么大气候。"我想，那是老掉牙的说法了。今时早已不同往日。再说了，那些英国人谈到园艺时总是这么极端。我把我那本"日落手册"翻了一遍，匆匆扫过关于双层松土法和升高花坛的部分。无聊，累人，脏兮兮。才没有人要这么做呢。

好吧，我也许需要这么做。那种"爱你的花园，如其所是"的法则，用来面对杂草是奏效的，但我开始考虑到，我的花园所需要的，也许比我大大咧咧的爱更多。它有可能还需要食物。

人们用什么来喂养花园呢？我感觉自己像是让某种陌生而奇异的动物跟着我回了家，比如一只雪貂或者一只美洲鬣蜥。它爱吃什么呢？你准备了燕麦圈、什锦干果、苜蓿叶芽。它却把嗅动的鼻子转向一边，看上去气呼呼的。你开始担心它有些可怕甚至令人恶心的嗜好是你无法满足的，比如活蟋蟀，或者吃下去之后又呕出来的半消化的虫子。最后，作为绝望中的无奈之举，趁这只动物还没被你养死，你决定不再靠自己寻找答案。你给一

---

* 本书英文原著出版于2001年。——编者注

个专家打了电话。

我的专家出现了,那就是斯科特买给我的土壤检测工具包。我想他已经开始担心,我们可能不会有个像样的花园,并且我还会把我们辛辛苦苦赚来的钱源源不断地送往苗圃,花在那些长势不良的植物上。

我在手里把玩着工具包。这个工具包看起来是多么实用、多么欢快啊。向日葵那一张张脸庞上洋溢着真切的微笑,卡通化的氮分子、磷分子、钾分子在它们脚下跳着舞。"可口的蔬菜和水果"——童趣盎然的玉米、小萝卜和胡萝卜图案上方写着这样的大字。幸福的盆栽植物。开不完的花朵。没错,这正是我想要的。我终于走上了正确的道路。

这个工具包的使用方法是,挖起少量花园里的泥土,与水混合,然后加入一份粉末。它会呈现出一种颜色——粉色、橙色或蓝色。颜色越深,你的土壤就越健康。首先,你得拿到一份好的土壤样本。我走到花园里,寻找地面上相对较少受到干扰的部分,然后往下挖几英寸,一直挖到原封未动的土壤,也就是我还没种过的土地。操作指南上解释说,这样一来就能确立某种意义上的基准。我把土壤标本放入蒸馏水里搅匀,放置过夜,直到泥土沉淀在容器底部,而上方水几乎是澄清的,就可以用于检测了。

斯科特走进厨房来看检测结果。我把泥水混合物装进三个盒子里,氮、磷和钾各用一盒,撒上每个盒子附带的胶囊里的粉末,然后等待颜色发生变化。我们俩都看了看表,再将目光转回彼此身上,心情紧张而充满期待,像是那些家用验孕棒广告里的情侣。按理说颜色会在十分钟之内发生变化。

我们等了又等。

后来,斯科特打破了沉默。"噢,不是吧,"他摇着头说,"比我们预想的还要糟糕。"

"嘘,"我打断他,"还没结束呢。"他来到厨房吧台前,坐在我的正对面。我们热切注视着每个塑料盒里浑浊的水,接着抬眼面面相觑,再看向盒子。

最终,氮元素那个盒子里的水开始变成淡淡的、几乎看不出来的粉红色。我把盒子举高,迎着光线,眯着眼睛用盒子上的比色卡仔细比对粉红色的深浅度。的确比预想的还要糟糕。我的土壤在氮这方面是"枯竭",在其他方面是"不足"。当着斯科特的面读出这个结果时,我感到无地自容,就像是拿到了一张糟糕的成绩单。

我回过头去阅读检测工具包的使用指南。"为你的植物提供健康的养料，"它写道，"通过施肥补充营养，改善植物的养分缺陷。种植蔬菜、花卉或灌丛、树木之前，在你的土壤里加入腐殖土，以确保土壤中储备有充足的植物养料。"指南下方有一个图表，列出了要让土壤里的每一种养分从"枯竭"调整到"过剩或充足"所需添加的肥料数量。既然我的土壤已然耗尽了图表上的每一种养分，我决定把每种肥料都给我的花园来一点。

  我回到了苗圃，四处转悠，寻找着肥料区，在货架间走来走去，直到我遇上了看着像是同道中人的正宗园艺爱好者。我马上决定，他们买什么我就买什么。对我这种长期吃素的人来说，肥料种类有一点恐怖：干血、骨粉、鱼乳。这究竟是**什么意思**，真的是去乳化一条鱼吗？我不想知道。我想起我姨妈曾经说起过她工作的皮革厂里的事情："好消息是，他们利用了动物身上的每一个部分，什么也没浪费，就连内脏和血液也被运去做成花肥之类的东西了。"我猜这些就是她所说的东西。如果那些动物反正都要死，最好别让它们白白浪费掉。但是，当我站在有机肥料的货架旁，看着周围那些老嬉皮士和业余农夫，他们穿着勃肯凉鞋*和印有"我会为豆腐刹车"的T恤，我仍然感到一丝困惑。

---

  * 勃肯（Birkenstock），德国鞋子品牌，最有代表性的产品是两条带子的休闲凉鞋，因此这种鞋子也称为勃肯鞋。

这些人在我看来都像素食主义者，骨粉没让他们感到不安吗？他们是怎么把这件事合理化的？他们似乎都略过了装在亮晶晶的小盒子里的合成肥，那是唯一一种不含肉类的替代品。我想不通。我觉得我的同类让我有一点失望。

最终，我选中了一大箱包装精美的有机通用肥，其中含有一些无关痛痒但又听起来十分有机的成分：蝙蝠便便、蚯蚓便便、干海藻。我不能言之凿凿地说，在制造这种肥料的过程中没有伤害到动物，但它看起来比浑浊的瓶装鱼残渣要好多了。那是我仅剩的有机肥选项。到了结账柜台，我又气定神闲地要了一袋腐殖土，好像这是我每个周末的例行公事一样。我朝一位正把袋装腐殖土装进车里的女士指了指。

"有机的培土专用腐殖土？"收银员心领神会地问。

"是的，来两袋吧。"我把车开过来，排在往车里搬运袋装花泥的队伍后面。想到要把干制有机肥和各种优质肥沃的腐殖土在我的花园里施用，这似乎不再是一件苦差事了。这像是园艺新手起步的正确方式，是我早该优先去做的事。当我坐在车里等待我的腐殖土时，忽然想到，花园实在是非常宽容。它允许你在有能力的时候进行弥补。它会给你重来的机会。这是件好事啊，因为在全部搞定之前，我可能还需要很多次重来的机会。

我把车停在堆货托盘旁边,一位苗圃员工把两袋腐殖土放进我的副驾驶座。我开出停车场时,它们直挺挺地坐在座位上,像个矮矮壮壮的副驾驶员。我慢悠悠地开回家,小心翼翼地不让袋子翻倒。一路上,车里满是清新好闻的泥土气息。回家途中,我全程都在深深呼吸着这份清香,它丰盈而熟悉,令人心满意足,像是烘烤面包的香气,又像是花园本身的味道。

覆层堆肥

我了解到有一个能同时改良土壤并抑制杂草的懒人妙招,虽然知道得有点儿晚。我早该在一开始就使用这种技术,不过,现在我每年秋天都在花园里的一小块区域这样做,以弥补自己错失的时机。

这个妙招叫作覆层堆肥,操作方法如下:

把杂草修剪到便于操作的高度,向它们喷洒优质的氮源,比如苜蓿草粉或者鸡粪肥。你只需要铺出薄薄的一层,以便加速其分解。如果你懂得如何测土壤的酸碱度,并且感到需要对酸碱度进行调整,这会是你添加石灰来中和酸性或者添加硫黄来增加酸性的最佳时机。

在这个区域铺上厚厚一层报纸——大概八张。如果你家里有购物纸袋或者硬纸板,你也可以使用这些材料。盖上一层厚约三英寸的粪肥,然后就在粪肥上面"搭建"你的肥堆,比如堆积厨余、树叶、咖啡渣、草屑等。如果你担心有碍观瞻,可以在顶上再铺一层稻草或者干树叶。务必定期浇水,每一层都浇透。

如果你像我每年秋天堆肥时做的那样,每次只在花园里的一小块地方进行堆肥的话,你甚至可以设置一个轮转式的肥堆,让材料堆积上几个星期,接着用稻草把它覆盖起来,再移动到花园的另一个位置继续堆肥。实际上,这正是一种能够快速制造出可用的腐殖土,同时又不必管理一个大型堆肥桶的好方法。

为了完成覆层,还要在顶上再铺八张报纸,然后盖上美观的覆盖物,比如树皮或松针。之后,杂草会被闷死,纸张会降解,而且如果你秋天做了这些工作,这片土地将会完全没有杂草,来年春天直接就能进行栽种。

第一次收获

经过六周，它便渐渐膨胀起来，层层叠叠、爽脆皱缩的叶片如同法式油酥一般松脆，好似蜜桃一般多汁。它会长到半个圆顶礼帽那么大，并且变得更加好看——至于味道么，如果你按照我说的那样，种植过程中施用了切碎的繁缕和欧洲千里光，还撒上了一些锯末，它吃起来就会是核桃和水果沙拉的味道，只是隐约带有一丝生菜味。

——埃塞琳德·费伦（Ethelind Fearon），"关于生菜种植"，《不甘的园丁》（*The Reluctant Gardener*），1952

腐殖土为我的花园带来了显著的变化。我给所有植物都施用了一大把干制有机肥，并且在灌木丛中"侧施"（side-dress）——我从那本"日落手册"里学到了这个词——我用新买的有机培土专用腐殖土，逐棵给植物施肥，就像弗洛伦斯·南丁格尔（Florence Nightingale）在军队中挨个为士兵治疗一样。它们立马就精神抖擞了。尽管我把植物种得七零八落，院子里到处都是，事先毫无特别的规划或安排，但是由于每棵植物周围都铺上了平整的黑色泥土，花园看起来没那么混乱了。我一直在给花园做加法，不断买来生菜苗、红葱头和甘蓝。它们端坐在我刚刚改良的土壤里，结实而茁壮，比我迄今在花园里种过的任何植物都欢脱得多。我守候在它们周围，浇灌它们，小心提防着蜗牛，每当勒罗伊从土上踩过，我都会把土壤耙平。

有一棵植物似乎不再需要我多加照料了，那就是猫薄荷。它在细铁丝网围栏里茁壮成长，银灰色的叶子向四面八方探出来。勒罗伊似乎大部分时间都在它的周围徘徊，然而即便受到勒罗伊的干扰，猫薄荷还是每周都成功长大一点点。紫花猫薄荷也茂盛了许多，它们沿着地面蔓延生长，时不时就能看到勒罗伊在丛中打滚。灰灰不经常到外面去玩赏这两种猫薄荷，但我留意到，每当勒罗伊晚上回到屋里，灰灰都会蹒跚着靠近他，兴奋地嗅着他，狂舔他身上任何能闻到猫薄荷味的地方；而勒罗伊就站在那儿，任由灰灰为所欲为，脸上流露出有些尴尬的神情。

四月快到了。白天越来越长，在天黑前到花园里逛逛，照料一下植物，已经成为我的晚间保留节目。花园渐渐成了一个趣致盎然的去处。多亏了腐殖土，我的菜苗长势喜人。墨西哥鼠尾草和薰衣草开始绽放,恢复了我刚刚把它们从苗圃买回家时那种健康的状态。猫薄荷开出了一串淡粉色的小花,而几株大滨菊也终于开出了白色的花朵。我的花园还有很大的进步空间,但已经有了这些小小的亮点。这些小小的"春之岛屿"极大地鼓舞着我。花儿开了,是因为我和我的沃土。我们真的让植物长起来了。

不过,随着这些微小的胜利一并到来的,是全新的责任与忧虑。一个成长中的花园需要园艺技能和悉心关注。而我一直怀疑自己是否能够胜任。也许我浇水还不够勤。也许还需要更多的肥料。有时我甚至会在夜里醒来,因为感觉到害虫正在包围我的房子,像一队敌军准备发动攻击。

有一天,我突然想剪下几朵花拿到屋里去。连这个念头都让我有一丝紧张:要是植物对此产生了不良反应该怎么办呢?要是我让它们进入了某种应激休克状态,导致它们全都不开花了,又该如何是好?我也不太确定该**怎么剪**。要剪出一个特定的角度吗?是要剪下花茎的全长、在植物基部截断更好,还是说在任何我想要的长度剪断都可以?

事实证明,采摘鲜花**确实**是门艺术。我的书架上不断积累的园艺书提供了许多关于如何切花、如何养护花茎的指南,这些我在一开始都忽略了。你也许认为，我总该从堆肥的过程中吸取了教训，懂得园艺书里的忠告通常是值得遵循的，但如果只是为了几朵花的话，这些忠告都显得太过折腾了。

比如说，关于应该在花茎的什么位置剪切，书上有各种各样的原则。康乃馨应该在叶节的上方下剪刀；马蹄莲则更宜连根拔起，然后再修剪成适合的长度；欧丁香之类的木质茎应该以45度角斜剪，之后用锤子锤击断端，使之更好地吸收水分；茎中空的花，比如虞美人，则应该用火灼烧一下断面，以防损失白色的汁液，很明显，那正是花朵的养分来源。一旦放进室内，鲜花就应该在地下室之类凉爽阴暗的地方放置过夜，让它们得到"强化"，同时也更易于造型。

采摘鲜花向来都这么复杂吗？我可不这么认为。我还记得小时候在爷爷奶奶家附近的湖边采过野花。我从地里拔出一大把沾着泥的野花，然后跑上台阶，来到奶奶家的前门廊。奶奶会找个旧罐子来装这些花，并且慈祥地建议我们就把这罐花留在门廊上，这样一来人人都能欣赏到这份美丽。它们通常第二天就枯萎了，但我将此归咎于得克萨斯州的炎热，而非我自身的采花水平。

所以，我没有去费心研究那些园艺书上花哨的技巧。二十年前在湖边奏效的办法，现在肯定也行得通。心里这样想着，我拿着一个细细高高的橄榄罐*走到外面开始摘花，甚至连一把剪子都没有带。每次我看到一朵想摘的花，一朵我认为对植物而言可有可无的花，我就拽，就折，就拗。不管具体过程怎样，花儿总会掉落下来。我一遍又一遍地重复这些做法，直到采了满满的一罐花：它们错杂一处，夺目地混搭着深蓝色、艳红色、明黄色和浅浅的、半透明的粉色。

这些鲜花只能维持几天时间，比我摘了放在奶奶家前门廊上的长不了多少。但很快，随着花儿持续不断地进入我们的家，我也终于开始加倍留意园艺书给出的建议。说到底，为什么要花费这么多的心思去种花呢？难道只是为了拿到屋里，在我的餐台摆上短短几天就凋零吗？

此外，我也不想伤害我的新植物，它们才刚刚开始原谅我把它们种在这么糟糕的泥土里。我出去买了些切花的工具以便正确地操作：锋利的厨房剪刀，这样植物就会在我剪的位置愈合良好；金属收集桶，用来给花儿保鲜；还有插花泥，可以把花茎固定在花瓶底部合适的位置。我学会了以一定的角度剪切花茎，

---

* 橄榄罐是一种造型古朴的花器，源自古代欧洲（一说美国与西班牙之间）用于运输腌橄榄、橄榄油、酒、粮食等物资的罐子。

这样就避免了切面和瓶底贴合而吸收不到水分。我剥掉了所有会泡在水里的叶片。有一次我甚至往水里加了柠檬汽水，据说这样可以使花朵保鲜更长时间，因为其中的糖分提供了养料，而柠檬酸会让它们吸收更多的水。不过这么做可能有点太夸张了，竟然让我的花儿喝碳酸饮料，我觉得有点蠢。它们接下来还需要什么呢？来一杯加拿大俱乐部威士忌*吗？

我终于觉得自己像个真正的园丁了。我早先关于周末花园时光的憧憬，把一桶桶刚刚剪下的鲜花搬进屋里的想象，开始变成了现实。然而，我还没吃到任何一顿花园出产的菜肴，没吃到一粒豌豆，没吃到一颗洋葱，没吃到一叶生菜。在我为花园付出了所有这些劳作之后，我知道，等到我确实能收获一些东西送上餐桌时，我才会感觉自己更像一个真正的园丁。

事情发生在一个晚上，当时我们正在厨房里准备晚餐。我在为斯科特拿手的自制奶酪意面擦着奶酪，而他正忙着在冰箱里一通乱翻。"你在找什么？"我问。

"我明明记得我们买了做沙拉的生菜，"他说，"但我没

---

* 加拿大俱乐部（Canadian Club）是著名的威士忌品牌，创始于1858年。

看到。"

"那是一周前买的,"我告诉他,"已经变得黏糊糊的,我丢掉了。"

"哦,好吧,那你要不要去花园里摘些你的生菜过来?"

我的生菜。为之大惊小怪实在有点傻气,我想。种出生菜只是个小小的成绩,所得的成果是易逝而速朽的。我三个月的种菜生涯,只有这么短短的一排可以秀一下:十几棵生菜,勉强够做两份沙拉。事实上,我并不情愿用剪刀收割它们。想当初我可是辛辛苦苦把它们种出来的。这些微缩的生菜头像是小小的艺术品,即使只是剪下一片叶子也非常可惜。

但我还是这么做了,在回屋途中,我还给晚餐的沙拉找到了几样配菜:一颗鲜嫩的紫洋葱、几叶欧芹,甚至从树上摘了一枚发干的柠檬用来做调味汁。我们吃完了从店里买来的蔬菜,所以家里没有什么别的东西可以加进沙拉里,不过这已经很好了。我不想破坏这份美好的体验。斯科特煮奶酪意面时,我把橄榄油、香醋、柠檬汁、切碎的欧芹叶和洋葱搅拌均匀,然后浇在绿色的菜蔬上。不费吹灰之力,我的家庭自产沙拉就大功告成了。虽然现在的天气还没暖和到适合在花园里用餐,但我们还是端着盘子出去了,一起坐在后门廊的台阶上,在一种充满赞赏的沉默中吃着我们的沙拉。这是个小小的奇迹啊,来自花园的第一份沙拉,并且它跟我预想的一模一样:爽口好吃,鲜脆、天然、绿色。

野草沙拉

一道正宗的加州嫩叶蔬菜沙拉是一件艺术品。它使用的食材不多,因为生菜是这道菜的主角,而不仅仅是用来垫切好的番茄或黄瓜。在北加州这边,我们希望沙拉既简单纯粹又风味独特。只要采用有机种植并淋上意大利油醋汁,鲜花、路边的莓果甚至野草都是很受欢迎的沙拉食材。

蒲公英和野芝麻菜*第一年就自己从我的生菜畦里长出来了,因此我很快学会了在我的沙拉中享用它们,而非在花园里与它们做斗争。我甚至把一种新的野草引进了我的花园,那就是马齿苋的栽培品种,属于矮生多肉植物,叶片肥厚,咬起来脆生生的。

---

* 又名二行芥,是十字花科植物,因叶子的形状和味道都很像芝麻菜而得名。

那一大堆鲜嫩的带刺蔬菜,斯科特称它们为我的"野草沙拉"。然而,把敌人当作晚餐吃掉,不正是最好的复仇吗?下面是我的蒲公英绿叶沙拉菜谱,在蒲公英长得铺天盖地的春天或初夏食用这道菜最为应季。

食材:

1/2 杯核桃仁

3—4 汤匙特级初榨橄榄油

2—3 汤匙意大利香醋

一瓣大蒜,剁碎

一个血橙或葡萄柚,切开、去皮

足够做两份沙拉的蒲公英叶

步骤:

将核桃仁放在烤箱中烤至微微焦黄,取出待用。用一口平底大炒锅,中火烧热橄榄油,加入蒜末并煨至半透明状。加入意大利香醋,一直煮到汤汁收浓,大概需要 2—3 分钟。

把锅从火上移开,一次性放进全部的蒲公英叶,快速翻炒,让所有叶片都沾上酱汁,并且充分受热,使叶子呈现出鲜亮的绿色。将菜蔬装盘,在顶上摆好切片水果和烤过的核桃,就可以上桌了。

种　　子

> 我的花园是一个诚实的地方。每一棵树、每一条藤都不会隐瞒，只需两三个月就会准确地吐露它们究竟受到了何等待遇。播种的人可能会搞错，把豌豆播得歪歪扭扭；豌豆却不会犯错，只会照样长出来，如实展示园丁播种的路线。
>
> ——拉尔夫·沃尔多·爱默生（Ralph Waldo Emerson），
> 1843 年 5 月 8 日的日记

我拖延了好一阵子，才开始用种子栽培植物。在圣洛伦索，看着其他园丁用目光扫过供人挑选的菜苗，失望地叹气时，我感到有点困惑。"如果你想要某个品种（variety），确实只能靠自己种了，不是吗？"挤在放西蓝花和甘蓝的台子周围时，他们对我说道。

"是哦……"我含含糊糊地应道，心里想着，什么品种？洋葱不就是洋葱吗？

但事情当然没有这么简单。当我开始在苗圃里翻看放种子的货架时,我发现上面至少有十二种不同的洋葱,品种数量比它还要多上一倍的罗勒,还有一大排黄色、紫色、橙色和红色的番茄,琳琅满目。这些小袋种子和其中包藏的新奇品种,对我而言是块新大陆。我购买了一种巨型意大利平叶欧芹的种子,名为"卡塔罗尼奥",还有一袋橙色墨西哥葵花种子,叫作"肿柄菊"。我开始觉得自己是个专家了。

没过多久,我就发现最有意思的种子并不来自苗圃。当你拥有一个花园的消息传开之后,种子自会找上门来。人们从各种不可思议的地方将它们收集并保存起来。当我准备在花园里播下一些种子时,我已经积攒了一小批存货,皆来自亲朋好友的馈赠。这些种子的构成惊人地国际化。我的朋友佩妮(Penny)回英国探亲,回来时给我带了一把巨大的紫色豆子。"我不知道它们叫什么,"她说,"在英国有很多人种,你用多高的东西给它们爬藤,它们就能长多高。"我爸妈在巴黎旅行途中给我买了些蔬菜种子:生菜、豌豆、樱桃小萝卜。我把这些小袋种子存在鞋盒里,不时翻看,研究一下包装袋正面的图片,试着翻译包装袋背面的法文种植指南。

甚至有人为我偷过种子。一个朋友在加拿大的不列颠哥伦比亚省路过一座优雅的花园时，快速扯下种荚藏进衣服的口袋，然后把它混在一堆干花瓣和杂七杂八的小东西里寄给了我。我叔叔从一个海滨自然保护区收集到一些当地原生的野花种子，装了满满一纸袋寄到我家里。

不过，最上乘的种子来自我九十岁的曾祖母，是她从得克萨斯州寄给我的。我曾经收到过曾祖母寄来的一些出乎意料的礼物，但我确实没想到有一天回到家，会发现一个箱子在前门廊上等着我，里面放着一颗熟透的番茄。箱子里还有一张便条，印着她用老式打字机敲出的句子，几乎全是大写字母，还混杂着一些数字和符号，缺失了几个关键字母，整段文字主要用省略号进行标点：

这颗番茄来自荷兰，我想是在温室里种的。买了六个……价格是三块三毛九分美金。并不特别好吃……口味清淡而且有点儿面。它们其实应该在藤蔓上长熟才是……我相信它们……很适宜运输。想来从藤上摘下来直接吃应该会很美味……在报纸上挤压种子使之干燥，看你能否播种这些种子。

第二天，我给曾祖母打电话了解剩下的故事。她告诉我，她一个月前从当地杂货铺买了一袋这种番茄,在店里它们被装在写着"荷兰栽培"的塑料袋里,挂在货架上方。每个袋子装有五六个仍连在一条藤蔓上的番茄(她把那条藤也寄过来了)。她把番茄买回家,切片放在烤吐司上当早餐吃,但是番茄的味道让她大失所望,以至于最后一颗番茄在她的厨房里放了好几个星期。然而那颗番茄的颜色和质地都保持不变,就像是用塑料做成的一样。

"后来,上周,"她告诉我,"我正跟你妈打电话呢,一眼看到那颗番茄孤零零地待在台面上。那时它的'兄弟们'都已经被吃掉了,于是我说,'也许我该把那颗番茄寄给艾米(Amy)'!"

没错,我的曾祖母就是这么干的——跨越半个美国把那颗番茄寄过来,而不是把它扔掉。当曾祖母寄来一颗番茄,它可不仅仅是一颗番茄——它是一整套关于应该如何生活的教导。这就是她和我沟通的方式:要勤俭节约,讲求实际,但同时也要有创意。从最寻常的果实中获取最微小的种子,然后让它产生价值。她在我身上激发了这些品质,而那正是她作为曾祖母给予我的特殊礼物。我还能怎么办呢?我把那颗荷兰番茄切成两半,挤出种子,把它们摊在报纸上晾干,每粒种子都悬浮在一小团粉色的凝胶状物质中。我拿出一个信封,标注上"曾祖母的荷兰番茄",我发誓会将这些种子种到我的花园里,然后把夏天长出的头一茬番茄寄给她。

还有好多其他种子,有我从苗圃买来的种子,有我在药房里买的10美分一包的过了保质期的种子,以及一大堆我用目录订购的蔬菜种子。它们彼此形态各异,让我眼花缭乱。洋甘菊种子像尘埃一样细小,小到我根本无法真正地种下它们,只能把它们撒在土壤的表层。薰衣草种子也很小,大小和颜色都跟跳蚤一模一样。与这些小个子相对的,是佩妮给的巨大的英国豆种和一种紫色的扁豆。这种紫扁豆是我通过目录订购的,几乎舍不得种下。它那圆滚滚的棕黑色种子,每一颗都镶着一道白色的条纹,像是奥利奥饼干的夹心,让我非常着迷。

我一直很不习惯的是,打开一袋种子,发现里面装的是一捧食物。你播种向日葵种子,种出向日葵,这简直是天经地义;但直到我打开一包"灰条纹猛犸象"*种子,在手上倒出满满一把灰白条纹的"瓜子"时,我才突然想到,嘿,这是一种零食哎!我真要把这玩意儿种到地里吗?同样地,豌豆种子不就是干的豌豆嘛,这理所当然。黄豆种子、玉米种子也都是一样的情况。我

---

* 一种向日葵园艺品种,植株高大,可达两三米,花盘直径约30cm,产籽量大。

感觉自己像一个开荒的农妇,把夏天的收成采摘、干制,储存起来留待冬日,并且每种庄稼都留下一些,供来年春天播种。当然,我和开荒农妇之间有一个明显的不同之处,那就是我并非亲力亲为。我的种子是照着商品目录向一家康涅狄格州的种子公司下单订购的。我用信用卡生产它们。

我在四月中旬选了个阳光明媚的日子作为播种日。我有点紧张,因为我拖了太久才开始栽种这些春季蔬菜,比如豌豆和菠菜。况且,有些种子——尤其是番茄种子——附带种植说明,比如要求比终霜日*提前六到八周启动室内育苗,终霜日后移到室外。然而我们所在的圣克鲁斯根本没有霜冻期。而且我也没有地方去进行室内育苗。

我试着不去担心这些。我已经攒了几十包袋装种子,并且已经翻整好一大块菜畦。我的生菜已经长大成熟,我的香草也依旧枝繁叶茂。我趁洋葱还没长得太大就吃掉了大部分。我决定,就在我之前种下的蔬菜旁边,把种子随意摁进泥里。长出来就长,长不出来就拉倒。顺其自然。

---

* 原文为 last frost date,在美国可以根据邮编查询各地的初、终霜日。

我花了非常长的时间才种下了所有的种子。我一直在收集从苗圃买回的植物上的标签,这样我就可以用这些标签的背面来做行列标记牌。每播种一排之前,我会先用绿色马克笔在标签上写下植物的名字,然后阅读包装袋上的种植指南,试图搞清楚种子应该埋到多深、间隔多远。一般来说,越大的种子需要埋得越深。最小最小的种子,也就是比黑胡椒屑大不了多少的那种,只要撒在地面,再浇上水,就足以把它们推进泥里了。

间距的问题相对麻烦一点。我知道,无论我多么一丝不苟地控制秧苗之间的间距,之后肯定还要对它们进行疏苗,好让每株植物有足够的空间生长。实际上,我最近才刚刚给我在阿尔伯克基(Albuquerque)*的朋友安妮特(Annette)就这个问题上了一课。我给她寄了一罐向日葵种子,让她种在她的新花园里,之后她打电话来请教。"罐子上说我应该疏苗,"她忧心忡忡地说,"这指的是把它们拔出来吗?全都是我辛辛苦苦种下的小苗哎,我非得**扼杀**它们不可吗?"

"是的,"我告诉她,尽量让自己听起来既严谨又权威,"这对植物有好处。如果你不进行疏苗,没有一株植物能得到足够

---

* 美国新墨西哥州人口最多的城市,位于美国中南部。

的空间生长,那么它们就会全都死掉。所以,别纠结了,快去做你该做的事吧。"正如安妮·迪拉德(Annie Dillard)所言:你是个女人还是只老鼠? *

实话说,我感觉自己更像老鼠。我带着我的袋装种子在外面的花园里踌躇,庆幸安妮特不在旁边,看不到我有多么害怕将来不得不执行自己的教诲。也许,如果我在安排间距时非常小心,将来就不必剔除任何一株植物。我这样想着。说到底,我怎能浪费那些种子中的任何一粒呢,那些美丽而稀奇古怪的种子啊。

因此我尽量完美地留出间隔,这可不容易做到。胡萝卜种子得隔开半英寸的距离。番茄种子得隔开 18 英寸。某种豆子需要 6—10 英寸的间距,而另一种几乎相同大小的豆子只需要 4 英寸。洋甘菊种子几乎不可能均匀地播撒开。

这是一项质朴而诚实的工作,跪在花园中,太阳晒着脊背,膝下的泥土也被烤热晒干。我用种子标记牌认真标记每一排的位置,并且把覆盖在种子上的土壤弄松软,好像我正在给它们裹

---

* 出自美国作家安妮·迪拉德的《写作人生》(*The Writing Life*)。这句话的前一句是:"你可以花一年时间担心这件事情,也可以立即动手解决它。"表示面对事情不应瞻前顾后,应该尽快采取行动。

被子、掖被角一样。等我干完活儿，太阳正要下山，我舒服地跪坐在脚后跟上，打量着自己的成果。我的目光扫过松软的、翻动过的菜畦，扫过菜畦边上一排排整齐的标记牌。放眼望去，只见富饶肥沃的泥土刚好覆盖住数百粒种子，其中有许多种子来自远方。这景象看上去充满了无限可能。

当我坐在那儿欣赏我的菜地时，突然感叹道，园艺看起来是多么简单的一件事啊。那么轻松，那么浅显。拔除野草，翻整土地，划出一条直线，然后把种子撒进去，浇水，等待。几周之内，胖乎乎的、绿中泛蓝的子叶就会破土而出。过几周，小苗会长出一两对真叶。再过一段时间，一根成熟的胡萝卜或萝卜就可以拔出来带回屋了。还有什么比这更容易的事儿吗？究竟有什么值得大惊小怪的呢？

这方安静的小园地似乎与我床边堆积如山的园艺书中的介绍相去甚远，每本园艺书中都描述了十种给番茄苗绑蔓的不同方法，以及另外十种为荷包豆搭架子的方法。此外书里还有复杂的作物轮种计划，能够吸引益虫、驱赶害虫的花卉名单，以及关于园丁所需的全部工具的冗长描述：针对不同植物的各种修枝剪、铲子、耙子、打洞器、园艺泥铲。我意识到自己大费周章地干了件非常简单的事。我总是在这块土地周围徘徊守护，对它牵肠挂肚。我每个月都要在圣洛索伦逗留几个小时，想搞清楚应该给我的花园增加什么东西，要买些什么植物或者产品来改善它。我买了工具，买了手套，甚至还买了园艺专用鞋。

但园艺其实与这些无关，真的。抛开那些工具和技巧，那些园艺书本、杂志还有土壤检测工具包，到头来，你剩下的只是这些：一块新翻整的土地，一把摁进泥土表层的种子，和一个记录种子去向的标记牌。与此同时，还有一件无比勇敢又无比简单的事情：将你的种子托付给大地，等候它们从地里冒出来与你相见。望向那一排排仔细筛过的黑色泥垄，我忽然间意识到，在花园中栽种似乎成了我做过的最简单、最自然的事情。

种子目录

梅·萨藤在她的日记集《海边小屋》(*The House by the Sea*)中写道："在冰天雪地里订购灌木月季，以及花好几个钟头翻看种子目录，慢慢地做决定，是多么令人兴奋的事情啊！"

种子目录不仅能提供最好的品种，而且是极好的消遣，特别是冬日来临,或者在夏天的晚上,当天色太暗而无法继续在花园里劳作的时候,翻看种子目录总是一件乐事。如果没有种子目录,我绝不可能发现这些有趣的品种:

• 雀斑生菜。由于叶片上有暗红色的斑点,这一品种被一本目录描述为"杰克逊·波洛克(Jackson Pollock)*在罗马生菜上作画"。我把它们种在'罗莎红'旁边,那是一种叶片深皱的生菜,叶尖有一抹可爱的深玫瑰红。把两种生菜同时摘下,可以做出一道漂亮的红绿相间的沙拉。

• 荷包豆。就是佩妮从英国偷偷带回来的硕大的紫色豆子。这种豆科植物开始日渐频繁地出现在种子目录中,它们的卖点是艳红的花朵,这些花会招引蜂鸟,而且可以做沙拉吃,或者用来给山羊奶酪增添风味。趁着豆子鲜嫩时将其采下蒸熟,味道也十分鲜美。夏末时分,豆荚变得长而饱满,我会把它们切成一英寸长的小段,用少量橄榄油和黄油烹炒,再用新鲜的莳萝、盐和胡椒调味。

• 金甜菜根和基奥贾**条纹甜菜根。它们会让那些从小就讨

---

* 杰克逊·波洛克(1912—1956),美国抽象派画家,以把颜料滴溅在画布上的"滴画法"而闻名。

** 基奥贾,意大利港口城市,位于威尼斯以南25公里处。

厌牛排馆子沙拉吧里亮闪闪的红色甜菜根沙拉的人,心甘情愿地变成甜菜根爱好者。金甜菜根口味清淡,而且不会把暗红色的污渍沾得到处都是。条纹甜菜根在切开时会有红白相间的靶心条纹。斯科特最爱的秋季餐点是金甜菜根意大利烩饭,以这两种甜菜根加上嫩甜菜叶做成;而一旦每天晚上都能吃到沙拉顶上切得薄薄的条纹甜菜根,我们就知道春天来了。

- 风车万寿菊。因为它我重新变成了万寿菊的拥趸。多年来我一直对它不屑一顾,认为它是矮小、乏味的花坛植物。这种万寿菊的花瓣具有橙色和红色相间的条纹,能长到四英尺高。此外它还有一个优点:倘若我不把风车万寿菊的花全部摘下来,和百日菊、向日葵一起插花,它就会吸引瓢虫之类的益虫到花园里来。

堆　肥

> 你一开始可能只是在简简单单地收集树叶,但不知不觉地,你就已经带着桶和铲子跟着送奶工的马在街上晃悠了,或是跟老爷爷、老奶奶,还有热情的青年男女讨论着生物化学知识,同时他们允许你翻动他们的肥堆,作为周日下午的一项特殊享受。
> ——埃塞琳德·费伦,《不甘的园丁》,1952

无论我把菜园扩大了多少,中间那行菜畦总是"开着天窗",我在那里种的第一茬生菜刚刚长成就被蜗牛啃得干干净净。我搞不清楚这究竟是怎么回事。我猜,恐怕是原本种着那几棵生菜的地方受到了诅咒,夭折的蔬菜"尸体"腐烂了,影响到种在它们旁边的植物。我当时还不知道,腐殖土恰恰就是衰老的植物死去的躯体。谁会想到植物能存活甚至茁壮成长在它的祖先们缓慢腐朽的遗骸之上呢?

但我的植物**确实**茁壮成长了,多亏了我从苗圃搬回家的那些腐殖土。没过多久,我就想试着自制一些腐殖土。毕竟从苗圃大包大包地购买腐殖土花费高昂,而且我断定真正的园丁是不会去买腐殖土的,他们会自己制造。这看起来很合理,花园应该自己照顾自己,上一季失误和冒进的产物会变成这一季的覆根物。何况这看起来非常简单。把你花园中的枯枝败叶攒作一堆,静观其变。迟早有一天,它会开始分解——万物都会分解——然后变成腐殖土。

从我们搬进来起,我就把野草和落叶倒在柠檬树的后面,到现在已经积成了一堆。每当我在花园里干活的时候,我会把所有从地里拔出来的东西都归拢起来,添进这一堆里。我还不太了解堆肥的原理,但我知道一件事情:无论我往那一堆里添加多少东西,它都不会变大很多。在层层枝叶和野草之下,发生着某些事情,某些对我而言全新而神秘的事情。

过了一段时间,我开始留下厨余,给肥堆添砖加瓦。每当我剥去洋葱的外皮,切下萝卜顶上的绿缨子,或是择下罗马生菜外层的菜叶,就会慢慢在台面上攒起一小堆。我把它们都扔进后门廊上的一个桶里,每隔几天就把桶里的东西全部倒在柠檬树后头的肥堆上。

尽管如此,肥堆里的东西还是完全不像我在苗圃买的那种黑色松软的腐殖土。它更像一堆因为我太懒而没有及时倒掉的垃圾，而不像心智正常的人认真打造而成的花园组成部分。我读了些相关的书，很快就意识到，我在打造第一个肥堆时犯了一些严重的错误。我的肥堆几乎完全是用野草堆出来的，它们的草籽和草根也许还保持着健康和活力，这导致我只要在花园里施用腐殖土，就免不了同时播撒野草。我用来堆高肥堆的那些虬曲的枝条和树木的枝干，可能根本就无法降解。我添加了各种各样的厨余，从奶酪到意面酱到沙拉汁。怪不得它闻起来这么臭。我之后才明白，一个上好的肥堆，应该由绿色和棕色的有机物交替堆积而成。不要杂草，不要加工食品，不要庞大笨重的东西。应该经常翻动，为整个肥堆提供氧气，而我从来没这么做过。如果我照着那些书里的指南去做，书的作者打了包票，保证我的肥堆绝不会招引苍蝇，也不会闻起来像垃圾堆。它会散发森林的味道，而且在几个月后，它就能为我的花园提供黝黑肥沃的腐殖土了。

对于我在后院里搞起来的那个乱七八糟的肥堆，我既感到内疚，又有点儿担心。我越发精心地挑选要加进去的东西，甚至还试着进行了一两次翻堆，但大多数时候我就是在那里暗自担心而已。我也怕自己胡乱操作太多，反而把情况弄得更糟。直到春天，我才终于对它来了一次大起底。

我在外面花园里进行着每晚的例行活动，查看各处的情况，就在这时，我发现我的肥堆比之前变小了，颜色变深了。也许肥堆里有些东西真的在分解，尽管我刻意忽视了大部分关于堆肥的法则。我决心一探究竟。我戴上一副手套，把肥堆上方三分之二的叶子、藤蔓、厨余等全部扒拉下来，堆到旧肥堆旁边形成一个新的肥堆。当我翻到最底下时，终于看到了深色的碎叶子，零碎的树皮和树枝，以及不可思议的、黝黑肥沃的腐殖土。不太多，但至少有个一两桶。

我用铲子把肥堆翻了个底朝天，考虑着该拿它怎么办。里头夹杂着许多枯茎和细枝，完全不像我在苗圃买的那种细碎疏松的腐殖土。我开始往外挑那些枯枝，但是进展相当缓慢。可能得花上一整天才能把这些腐殖土里的杂质清理干净，好给花园里的泥土增加肥力。我在别的什么地方读到过，腐殖土应该过筛，这样一来较大的土块会被筛出来，需要把它们放回肥堆，而较小的土粒就可以用来给土壤施肥。我决定试试这个办法。

我在车库里找到一扇旧纱窗，还有一个硬纸皮箱，用来接住过筛后的腐殖土。我从肥堆底部掬起一捧腐殖土，扔到纱窗上。大部分土块都顺着纱窗滑落，几乎没多少能穿过缝隙掉进纸箱里，但我不断尝试，尽力把土块过筛，同时把留在"筛子"上的土扔进我的新肥堆。处理完后，我掀起纱窗，向纸箱里望去。大约有三杯土，细如糖粉，积在纸箱底部。没想到费了那么大的劲儿就得到这么一丁点腐殖土。不过，我将它小心地撒在花园的各处，仿佛这是什么仙尘一样，在我新播的菜种上撒一点儿，在猫薄荷周围撒一点儿，再把最后一小撮留给柠檬树，它正含苞初放，将馨香溢满花园。

显然，在家里的小肥堆产量微薄的情况下，我还是得继续去苗圃买腐殖土作为补充。但我发现，腐殖土并不是唯一的土壤改良剂。还有种类多得出奇的肥沃的土制品，我都可以买回家，施到花园里。接下来的几周内，我简直快要买遍了圣洛伦索出售的产品。我成了一位泥土鉴赏家。我每个周末都在停车场绕着堆货托盘兜圈子，认真挑选着。苔藓泥炭和红木树皮屑看起来是挺吸引人的选项。我每样买了一袋，带回家试用。拆开包装后，我对那轻盈的粉状泥炭土赞叹不已，而在撒下红木树皮屑后，却一边给自己的手指挑出细刺，一边皱起了眉。不过，这并没让我感到气馁。我想要尝试店里提供的每一种产品。

粪肥最令我着迷。我起初买的是牛粪肥。那些便宜又臭烘烘的袋装牛粪肥每袋只要两块九毛九，压得很实，重到我都扛不起来。在苗圃，店员帮我把牛粪肥装进车里；回到家，斯科特走出门外，把它拽上台阶。然后我用铲子在袋子上刺出一道长口子，把这袋粪肥从一处拖到另一处。当我把它撒在植物周围时，就任由它的气息飘散，萦绕着我。那是一种甲之蜜糖乙之砒霜的气味，和人们看待过熟奶酪的态度没什么区别。

　　鸡粪肥颜色更浅，质地更松散，气味更温和，更像花泥而非粪肥，还更贵。但我能理解为什么——从牛群那儿收集粪便大概要怎么做，我还是心里有数的，相对而言，从鸡群那儿收集粪便这个任务似乎棘手得多。与牛相比，它们更小巧，更捉摸不定。收集大量鸡粪看起来就很难，此外，我知道鸟屎长什么样，而这些鸡粪肥跟原本的形态相比，已经经过了某些加工处理，发生了变化。

　　后来有一天，苗圃里出现了一种新的粪肥，装在比薯片袋大不了多少的包装袋里，标价为十二美元，而且充满了——不开玩笑——蚯蚓的排泄物。我站在那儿瞪着它，惊讶得不敢拿起来。"黑金，"标签上写着，"您的花园肥料首选。" **蚯蚓**粪肥？他们是怎么做到的？我试着想象了一下收集蚯蚓粪便的过程。唯一能想到的画面是在实验室里，有着许许多多的玻璃试管，蚯蚓在里头爬来爬去，整体构造类似蚂蚁工坊*——也许如此吧。

我很好奇蚯蚓粪肥能给我的花园带来什么效果，但我不愿意花十二块钱去寻求答案。我担心自己把它买回家之后永远下不了手去用它，就像我那瓶超贵的泡泡浴盐一样，因为太高级了，不能浪费在普普通通地洗个澡上，所以它就一直在浴室柜里积灰。但是，那些蚯蚓粪一直在我脑海中挥之不去，于是我做了点小功课。我发现，蚯蚓粪便其实是蚯蚓长期在肥堆中蠕动，慢慢消化分解，只留下腐烂的碎叶和残渣，从而最终形成的剩余物。人们建造专用的箱子来安置他们的蚯蚓群。这种做法甚至有个专门的术语：蚯蚓堆肥。

在本地大学的学生农场，我第一次看到了蚯蚓堆肥器。那是个自制的东西，用旧的硬纸板和木制板条箱拼凑而成。一个橱柜门充当盖子，我打开一看，几十条红蚯蚓正在一堆腐烂的生菜下蠕动。我掀开最顶上的托盘——这个堆肥器由三个叠放的托盘组成——看到还有数百条红蚯蚓正在碎屑状的黑色腐殖土中穿行，这些土的颜色和质地跟咖啡渣几乎一模一样。这还真是……颇具农场特色呢：伺候一群蚯蚓，多么有机啊。

---

* 一种用于饲养蚂蚁并观察蚂蚁行为的产品，能够模拟蚂蚁在土壤中生存的环境。

农场的一位学徒告诉我,蚯蚓有特殊的需求。它们不喜欢下雨或寒冷的天气。你得在堆肥上方放许多碎报纸,防止其他虫子进去。而且它们并不是什么都吃。蚯蚓最爱吃的食物是香蕉皮和瓜皮,也喜欢咖啡渣。它们不能吃任何脂肪和加工食品。它们倒也吃橘子皮或者洋葱皮,但它们会把这些留到最后,直到别无选择的时候才吃。

噢,它们真是挑剔的食客,我想。它们还有点小个性。我想要**得到**它们。

几周后,圣洛伦索到货了一批蚯蚓堆肥器,并把它们摆出来展示。黑色的堆肥器外部光滑,看起来一本正经且蕴藏着高科技。三个可叠放的圆形托盘底部布满孔洞,最下面一层托盘的底座上还有个龙头以便排水。这就是它的全部构造。蚯蚓从最底层托盘开动,吃掉厨余,留下黑色的粪便。一旦这层托盘满了,它们就会通过孔洞,蠕动着爬上第二层托盘。等它们慢慢地吃遍了三个托盘里的堆肥,你就可以拆下最底层的托盘,把蚯蚓粪便施到花园里,再把托盘放到最顶层,让整个流程重新来一遍。堆肥器底部的龙头会排出最下层托盘的液体,源源不断地为花园提供液体肥。

这像是一座蚯蚓之城,每个成员都在工作、吃饭、养娃。我得来一个。苗圃的女售货员可高兴了。"噢,你肯定会喜欢这玩意儿的,"她说,"我们还有一台放在后面。想看看吗?"她领我走进仓库,仓库的角落里摆了一台堆肥器。她掀开盖子,我向里张望。数十条蚯蚓在咖啡渣和生菜叶上挤来挤去。"它们试过逃跑吗?"我问道,好奇它们在水泥地上能逃多远。

她深情地对它们笑了笑。"不逃,当然不逃。"接着,她靠向堆肥器,就像溺爱孩子的阿姨靠向婴儿床那样,说道:"你们**喜欢**这儿,不是吗?你们不会**离开**我的,回答我,会吗?"

这些蚯蚓的某种特质唤起了我的爱心。"顺便问一句,你觉得在哪里买蚯蚓比较好?"我问道。

"堆肥器附带的小册子上有供货商的名单。祝你好运。"她说,而我把堆肥器挂在胳膊上走了出去。

我坐在停车场里读"蚯蚓罐罐"*附带的那本小册子——没买到蚯蚓我是不会回家的。正如小册子上介绍的,花园里的普通蚯蚓被称为"泥工",它们吃的是泥土,而不是堆肥。只有红蚯蚓才能用于堆肥,因为它们吃有机、腐烂的东西,比如食物残渣。教育用品公司将红蚯蚓运往全国各地,供教师在科学课上使用,

---

* 原文为Can O Worms,这是澳大利亚风滚草公司(Tumbleweed)的堆肥器品牌,桶身为圆形,像一个放大版的罐头瓶。

而且只要花二十五美元左右，他们就能在下单后一周内把一千条蚯蚓"送达你家或办公室"。在我工作的公司，邮件会先送到中心区域，然后再进行分派。在行政办公室里出现一千条红蚯蚓，等待处理和加盖日期戳，这个画面虽然非常有诱惑力，但我需要更即时的满足感。我要拥有我的蚯蚓，立刻、马上。买好了堆肥器，我连一天也等不及，马上就要开始堆肥。我在回家路上从卖鱼饵的小摊上买了几十盒红蚯蚓，当晚就架起了堆肥器。

堆肥器附带一块"垫料块"，那是一个用可可豆壳压制而成的棕色砖块。把砖块扔进一桶水里，它会膨胀、松散，形成一层纤维状的垫材，好让蚯蚓在其中活动。我组装好堆肥器，在最底层的托盘里填满纤维垫材，然后放入蚯蚓。它们被装在小泡沫盒里，每盒大概五十条蚯蚓。蚯蚓们看起来有点贫血，似乎它们在饵料铺时伙食不太好。"别担心，"我把它们放进新垫材里面时，对它们轻声说道，"现在不会有人拿你们去钓鱼啦！"我又添了几把肥堆里的生菜叶子和水果残渣，之后就留待它们自行安顿了。

那天晚上睡觉之前，我偷偷溜到堆肥器边上，用一把手铲翻动蚯蚓。它们钻回垫材底下，以躲避门廊上的灯光。"晚安。"我对它们轻声说。

没过多久，蚯蚓就像小册子里说的那样，繁殖并占满了堆肥器的桶身。它们得到了最好的厨余，还有它们吃得下多少就给多少的瓜皮和香蕉皮。这时我的花园已经开始产出蔬菜了，我喂给它们生菜外层的老叶、牛至的茎和萝卜缨子。我甚至在公司餐厅收集了水果皮和咖啡渣，带回家给它们吃。

蚯蚓要花一段时间才能制造出满满一托盘腐殖土，但它们确实产出了稳定供应的液态肥：一部分来自流经肥堆的雨水，一部分是腐烂的蔬菜汁，还有一部分……是蚯蚓液。正是最后那个成分让斯科特神经紧张。"那是什么？"他气急败坏地问道，"蚯蚓血？蚯蚓尿？还是什么别的东西？"他不喜欢放在后门廊上的堆肥器。每当我拧开堆肥器底座上的龙头，把蚯蚓液排出来，他就转过脸去，非常厌恶。

他甚至在工作中也避不开这家伙。有一天他从公司打电话给我，听起来真是筋疲力尽、深受挫败，他说："史蒂芬妮（Stephanie）想问你还要不要多余的蚯蚓液。我跟她说你已经有很多了……"但我打断了他。

"噢，太好了，跟她说我很想要一些！"

史蒂芬妮已经尽量让这些瓶装蚯蚓液看起来讨人喜欢了。她用旧酒瓶来装，将软木塞牢牢塞住瓶口，甚至还在瓶身正面贴上了"来自史蒂芬妮的厨房"的装饰标签。即使经过层层包装，斯科特还是不愿意把这些瓶子拿进屋里。"它们在外头呢,"他走进家门时对我说,"而且史蒂芬妮说你可能要先兑水稀释,它们有点……"说这话时他恶心得声音发抖,"它们有点儿太**强劲**了。"

我从来不觉得蚯蚓恶心。实际上,我渐渐地越发喜欢它们了。它们是忠诚的宠物,生产高效,举止得体。我喜欢走到外面,打开堆肥器的盖子,缓慢地、小心翼翼地,以免吓着它们,然后观察它们在堆肥材料中穿行,一点一点、持续不断地处理我放入的残渣碎屑,在身后留下肥沃、黝黑的泥土。

蚯蚓液和堆肥茶

我发现,光给花园喂腐殖土、粪肥和骨粉是不够的。花园也喜欢喝饮料,能将饱含养分的浑浊混合液大桶大桶地一饮而尽。在用蚯蚓堆肥之前,我曾经看到过圣洛伦索的布告栏上钉着一个堆肥茶(compost tea)方子,我尝试过这个配方。先用一个大水桶——甚至是比水桶大几倍的大酒桶——蓄满雨水,然后剪下旧连裤袜的袜腿部分，往里面塞满粪肥或完全腐熟的腐殖土，再在顶端打结，然后扔进水里。让它在桶里浸泡好几天，随后你就可以用桶中的液体来喷洒花园了。

过了一段时间，我就不再用连裤袜了，而是只要有多余的粪肥就往桶里扔几把。要是一瓶液态肥用到见底了，我也会在桶里涮一涮瓶子，把剩余的肥料也涮进去。这么一来，后门廊上总有原料在发酵着，以供植物所需。

蚯蚓液和堆肥茶是微量元素的绝佳来源，也能稳定、少量地提供植物所需的大量营养元素——氮、磷、钾。只要使用前将其稀释成淡茶色，这些"花园鸡尾酒"就不会烧伤植物。等到傍晚，阳光不再灼晒叶子的时候，把满满一桶肥水兜头浇在整棵植物上，淋遍叶片和植物全身，这有助于预防真菌性叶斑病，同时也有助于植物最大限度地吸收养分。

橙子与月季

如果你的树木已经遍体鳞伤,半死不活,试图去挽救它们是没用的;必须马上把它们挖出来,烧光它们的每一片残骸。一天也别耽搁,说干就干。

——雅各布·比格尔(Jacob Biggle),《比格尔果园手册:从树枝到篮筐,果实与果园资料汇编》(*Biggle Orchard Book: Fruit and Orchard Gleanings from Bough to Basket*),1906

一个温暖的四月天里,我从杂货铺回来,发现斯科特站在前门廊上。他看起来心事重重。我心里一沉。是家里有人出事了吗?是灰灰吗?我不敢问。我只是站在他面前,从他的表情里寻找线索。

他沉默了一会儿,感觉过了很漫长的一段时间。然后,他终于开口了:"我们的橙子树长蚧虫了。"他相当凝重地说道。

我大大松了口气,把买菜的袋子搁在前门廊上,坐下来哈哈大笑，笑到双手抱头，笑得浑身颤抖。

"有这么好笑吗？"他问道，挨着我坐下。

"我还以为谁死了呢，"我说，"你看着**一脸沉重**。"

"嗯，我确实心情沉重啊。我们的树上长蚜虫了。你得去看看，超级恶心。"

"我们的树不可能长**蚜虫**，"我不屑地说，"所谓的吸树汁的蚜虫根本不存在，它们只吸血。"

"哦，是吗？好吧，过来瞧瞧。"

我把买回来的东西留在门廊上，跟着他拐进了后院。我站在橙子树下，仰望着它。"在我看来这是棵正常的橙子树啊，亲爱的。树皮、树叶、花儿，还有——咦，这是什么？橙子！"

"你以为自己特聪明是吧。"他说。他从我妈那儿学来了这句专属的批评。我真不该介绍他俩认识。

他把一根树枝拉低，凑到我的眼前。他翻转一片树叶，手指尽量避免触碰叶片，仿佛那是勒罗伊从车库后面叼回来的某些令人毛骨悚然的东西一样。"看！"他夸张地说。

我看了看。叶子背面布满了小小的、圆圆的黑色物体，看起来跟蚜虫一模一样。

"啊，好恶心！"我叫嚷着从树枝旁跳开了。我绕着树打转，从树下仔细观察。**到处都是**它们的身影。"这**是**什么？"

"我跟你说……"斯科特开口说道，但我打断了他。

"它们不是蚜虫。待我摘一片叶子拿到苗圃去，我们会搞明白的。"

斯科特归置杂货时，我回到车上，带着一根密封在塑料袋里的橙树枝条，向苗圃驶去。服务台的那位女士看见树枝也不寒而栗。

"这些是介壳虫，"她说道，"还有蚜虫，当然啦，还有蚂蚁，它们会跟在蚜虫身后，因为它们喜欢蚜虫留下的浓稠糖浆。这棵树你可能救不了啦。但试试这个办法。"说着她递给我一瓶杀虫剂和一瓶休眠油。

"我真的得用这玩意儿吗？"我问道，"难道没有什么有机喷雾是我可以买的吗？"

她摇了摇头。"你的树真的情况太严重，无论做什么可能都无法挽回了。不过你可以试着用一次这款杀虫剂，之后你应该就能继续有机种植了。"

每瓶产品都附带一本内含警告的使用说明书。选一个平静无风的日子，这样一来毒雾就不会飘进邻居家的院子；短期内不要食用种植于喷药范围内以及附近的植物；不要重复使用喷雾器，除非用来装有毒的化学制品。

"那是什么？"我回家后斯科特问道。

"介壳虫。"我冷冰冰地说。

"听起来挺糟糕。"

"确实糟糕。我们得'轰炸'后院了。把猫关屋里。"

我把勒罗伊引到屋里，关上后门。外面看起来没什么风。就来个速战速决吧。我用纸口罩、护目镜、洗碗手套和渔夫帽作为防护措施，看起来是个像模像样的郊区园艺战士了。我往喷雾器里倒满杀虫剂，再把它接到胶管上，然后朝着橙子树喷去。这是一项非常可怕的工作。我要靠得足够近才能保证喷到了整棵树，但同时又要不断从树枝底下逃出去，以免化学药水滴到我身上。我躲闪腾挪，冲进冲出，总算成功地把整棵树都喷到了。我讨厌干这活儿。接下来的半天里，我的花园闻起来就像个加油站，但我拯救了那棵树。它几乎马上就焕发了新的生机，并且从此再也没有遭受过严重的虫害。

我的花园里还有其他老树需要帮助，但我不愿意再费这么大的劲儿了。起初它们都显得很有魅力，古色古香，饱经风霜，但经过橙子树的小插曲后,它们渐渐地看起来像一种负担,染上了奇怪的疾病,我还得用令人讨厌的药物为它们治疗。紫藤的位置不合适,被困在一个角落里,没有任何东西供它攀爬。山茶花晒得太厉害,导致它的叶子变成了一种可怕的焦黄色。前面的山梅花灌丛呆板无趣,我需要不断地修剪,以防它们挡住我的窗户。

然而,问题最大的还要数灌木月季。我们搬进来的时候它们正在休眠,尽管我不愿意承认,但我确实从最开始就不喜欢它们。灌木月季对我而言真的一无是处。那句关于政治和香肠的名言*对"玫瑰"**也同样适用:喜欢玫瑰的人们最好别去观察它们的生长。那些虬曲带刺的枝条,薄而扎人的叶子,看起来就像某只可怕的怪兽刚从地底下爬出来,盘踞在这个花坛上。

而且它们特别喜怒无常,特别难伺候!拜它们所赐,我学会了分辨粉虱、锈病和霉病。我害怕回到苗圃,担心再次发现自己必须要卷入某种"化学战争"才能拯救它们。这些花看起来并不值得花费心力。如果我想要一些玫瑰,我大可以打电话给花

---

* 指俾斯麦的名言:法律好比香肠,最好别去看它们是怎么制作出来的。(Laws are like sausages — it is best not to see them being made.)

** 鲜切花市场上的"玫瑰"都是月季。

店订上一打。这正是一个自家栽培不一定胜于花店购买的例子。

我的邻居查理恰恰相反,他拥有一座为他的太太贝弗利而栽种的美丽的月季园——大概有十几丛月季,绽放着各种深浅不一的红色、粉色、白色和黄色。种下它们之后,他才发现他的太太对月季过敏。但他仍然精心伺弄这些花儿,除草、剪枝、施肥。他每次见到我都送我月季,说着:"我甚至不能把它们带进屋里,她打喷嚏打得厉害。拿一点吧。"

我喜欢作为鲜切花的月季——"玫瑰"。每当查理隔着篱笆递过来一打玫瑰,我总是欣然接受。斯科特时不时给我带一束玫瑰,有时是浅紫色的品种'纯银',香味极其浓烈,或是古董系列的微月,白色的小花,仅在花瓣边缘萦绕着一丝若有若无的绿色。而我忽视了自己的月季花丛,久而久之,随着它们越长越丑、越多刺、越病怏怏,我对它们产生了一种彻头彻尾的反感。我越是忽视它们,它们就越坚忍——这些顽固派。很明显,它们并不打算自行了断。要想让它们消失,我必须采取行动。

那时查理大概没有意识到,他对月季所倾注的关爱最终会让我决定铲除自己的月季,以免花费同样的心力。他几个月前——今年一月初——就给月季剪了枝。这是附近沿海一带的传统,这儿的气温很少降到零度以下,花园的日常维护要持续整个冬天。我看着他，心中涌起一丝羡慕，要是我也有耐心和技术来照料我的月季，有这雅致的品位来欣赏它们，那该有多好啊。我认真记下了他的手法，希望有朝一日能够发扬光大。他的动作又麻利又自信，用一把锋利的修枝剪在每株植物上修修剪剪，一趟又一趟地抱着大捆的带刺枝条从月季花圃走向垃圾桶。

他的修枝剪给我带来了灵感。我正要找个合适的法子除掉我的月季，但还没想到什么好主意。移种？它们可不会乖乖就范。下毒？太容易误伤其他植物。不，我需要一个简单、快捷又彻底的解决方法。我有一把同样的修枝剪：小巧、轻便、易操作，堪称完美的武器。

我猜这些月季在我身边也会有点儿紧张，就像留给恶毒后妈照顾的继子女一样。它们弯腰驼背地缩向地面，竭尽全力不要开花，以免引人注目。在我买回来的植物——我的亲生孩子——那些脸庞红扑扑的大波斯菊和笑容灿烂的金盏花中间，它们显得局促不安，格格不入。我非常确定，它们打从见到我那时起就知道自己注定难逃此劫。一切只是时间问题。

人人都有死期。对我的月季而言，它们的死期在一个晴朗的五月下午来临，那正是它们最讨人厌、最多刺、最受虫害困扰的时候。我拿上修枝剪走到外面，小心地把它藏在身后。在这样的时日里，没有任何一个心智正常的人会考虑修剪月季，这绝对是一年中最糟糕的修枝时机。即使新手园丁如我，也应该明白这一点。我四下张望，确定没有邻居能看到我。我可不想引起别人的怀疑。二话不说，我跪在月季丛边，把修枝剪的锋刃架到月季瘦骨嶙峋的绿脖子上，然后把它们齐地斩断。只要在植物基部来个利落彻底的一刀切，整团棘手的乱麻就倒下了。我把它们越过后篱扔进巷子里，感觉自己有点儿像个园艺黑帮老大，对那些已经不能再惹是生非的人进行抛尸处理。我居高临下地对着月季花桩，警告它们说，只要它们胆敢再长出一片叶子，我就会立刻杀回来。

看着本是月季花丛的光秃秃的地面，我忽然意识到，这一场谋杀确实行之有效。感觉很好。干掉它们给我带来了真正的满足感。现在我只差一个黑帮名号了，比如"蒙多"或者"粉碎者"。要不叫"修理者"怎么样？我望着查理的月季，它们正迎着和煦的春风，天真烂漫地绽放。而我在一分钟内就能把它们摧毁。查理正在外面调整自动洒水器。我想用我那沙哑的教父腔调对他说："嗨，查理，这年头一个男人对他的月季再上心也不为过。如果它们有什么三长两短，那才是真正的悲剧。像你这种情况，不妨安排些保护措施。"

但我什么也没说。有时你得在邻居面前保持低调。我向他招招手,他也向我招招手,然后我就进屋了,我的修枝剪还藏在裤兜里,钢刃生硬地抵着我的臀部。

查理的月季剪枝术

我不得不承认,随着时间推移,我渐渐对两个月季品种产生了好感:'纯银'月季,就是斯科特买给我的那种冷调浅紫色"玫瑰";以及'只爱乔伊'*,一种丰腴的鲑鱼色月季,是我的发型师吉尔(Jill)从她的花园带来店里送给我的。实际上我还一种月季都没种,但有朝一日我可能会种。我已经详细记下了查理的剪枝诀窍,以备不时之需。

冬季修剪

查理一般在圣诞节次日进行修剪,但如果是气候寒冷的地方,修剪应该推迟到早春。找出那些因冬季的恶劣天气而受到

---

* 月季品种,以育种者的太太乔伊(Joey)的名字命名。

损伤的枝条，以及老枝、弱枝。用非常锋利的修枝剪将它们从植物基部剪除。

接着，留意"蘖芽"，或是从根部萌发并从植物周围的土壤里长出的枝条。由于大多数月季嫁接在另一品种的砧木上，无论如何，蘖芽都不会开出跟原来的花丛一致的花。

分辨出主要的、成熟的茎干，把它们剪到当年新发枝条的位置，径直横剪，而非以一定的角度斜剪。通常你会在枝条分生位置之上的几英寸处找到当年新发的枝条。

最后，选出五枝强壮的分枝，剪到只有八至十英寸高。这有助于月季在来年春天旺盛生长。

夏季修剪

当你摘花的时候，其实也是在进行某种夏季修剪，因此也要和冬季剪枝时一样用心。我和查理曾经眼睁睁看着隔街一个十几岁的少年对着一丛月季花生拉硬拽，直到那丛灌木伤痕累累，大部分花瓣都从花朵上散落下来。"孩子啊。"我们异口同声地感叹道，同时摇了摇头。但我从来没有告诉过查理，我以前也是那样摘花的。

使用做工精良、锋利的修枝剪，径直横剪，不要斜剪。

要有判断力。每棵月季一次只剪下少量花朵。如果某一棵的开花情况不理想，则尽量轻剪，让它积攒些能量。

一旦花朵开败，应及时剪去残花，这样植株就不用继续消耗能量来维系花朵的生命了。

如果想要硕大华丽的花朵，就沿着枝条摘除小花蕾，每根枝条仅保留顶端的一个花蕾。

劳 作

一个生机勃勃的花园会让人提前两个小时醒来。

——查尔斯·达德利·沃纳,《我的花园之夏》,1870

阵亡将士纪念日*那天,我是在铁锹有节奏地挖掘泥土的声音中醒来的,一铲又一铲,紧接着还有泥土落地的声音。我翻身下床,轻手轻脚,尽量不去吵醒斯科特或者惊扰猫咪,然后贴着卧室的窗户往外看。街对面,有三个人正在邻居家的院子里干活。最近有个女人刚搬进来,到目前为止,她似乎不太想认识邻居。事实上,我只见过她一两面,而这是我第一次看到她的花园里有人出来。天才刚刚亮了一两个小时,所以这几个人应该没干多久,但她的砖砌花坛里已经看不见杂草了,成堆的泥土和杂草装在花园旁的一辆手推车里。

---

* 美国将五月最后一周的星期一定为阵亡将士纪念日,以纪念在战争中阵亡的美国军人。在民间,这一节日被视为夏季的开始。

花钱请人在你的花园里干活。这个念头我之前从没想到过。透过窗帘的一条缝隙,我边穿上运动裤,边看这些人干活。他们将铁锹踩进泥里,然后抬起来,满满一铲都是泥土沙砾和缠结的杂草。他们把每一铲都倒进手推车里,再沿着花坛继续干,留下一大片打理得干干净净、平平整整的土壤。手推车旁放着五袋粪肥,随时可以施到泥土里。午饭前他们就能搞定她的整个花园。

我走进自己的花园时,心里还在想着这事儿。八点了,空气还很潮湿。我手里拿着六株番茄小苗,都是上周从圣洛伦索买来的。我用种子培育出的番茄苗刚长到几英寸高,并且长势缓慢,因此我认为最好从苗圃里买几株作为保险。六月快到了,苗圃的商品标签提示我,它们已经准备好要扎根土壤,并开启夏天的生长季。我准备了一些工具:一把手铲、一把铁锹,还有一把用于栽种前平整地面的耙子。我把一袋腐殖土拖到了自己几周前就开始清理的菜畦旁边。

因为我已经拔除了大部分杂草,现在我要开始往土里施肥了。我听说番茄在圣克鲁斯很难种,由于这里黏性的土壤和阴凉多雾的夏天,以及几乎在每一块番茄地里肆虐的虫害和病毒。我不敢冒任何风险。我买了圣洛伦索出售的所有有机种植产品:

干肥料，为今年迟些时候准备的"花大大"*液体肥，还有神秘的粉末和肥皂——据说可以用来防治一些我之前连听都没听说过的病害：蒂腐病、镰孢菌枯萎病、壳针孢叶斑病。我把所有这些产品跟腐殖土混合起来，撒在地上，再添上一点儿我从自己的肥堆里积攒的腐殖土，我甚至还施了好几铲蚯蚓堆肥桶里的蚯蚓粪肥。我一铲一铲地翻动土壤，用脚踩着把铁锹推进泥里，然后翻转铁锹，这样一来，腐殖土就会落在底部，而原本的泥土则被翻到了表面。

在外面晒着太阳，终于种上了我的番茄，这感觉真好。虽然空气中还弥漫着一股寒意，但我干活干得发热，热到脱掉了卫衣，穿着短袖继续干，微微喘着粗气，前俯后仰地使劲铲土。我的番茄苗在旁边整齐地坐成一排，充满期待地注视着，仿佛它们也很高兴到外面来，并且做好了准备到地里去。这正是栽种植物的大好日子。雾已消散，微风轻拂，向我吹送大海的气息。待在自己的花园里，种下夏季的蔬菜，再没有比这更好的去处了。我无法**想象**花钱雇人来做这件事。就好像花钱雇人去沙滩上散步或者雇人爱抚猫咪一样，这么做有什么意思？

---

* 原文为 Big Bloom，是美国园艺公司 FoxFarm 出品的促花肥料。

我把番茄苗种成两行,每行三株,并且用塑料扎带把它们绑到竹支架上。它们整齐地排列在一起,看起来是那么朝气蓬勃,那么充满希望。它们对自己面临的挑战一无所知,那可是枯萎病、真菌还有蚜虫空袭的重重夹击。我蹲下身子,细细端详。"好嘞,伙计们,"我说道,"全力以赴吧。我能帮上忙的时候一定会来帮忙,但你们现在基本上要靠自己了。别让我失望哦。"

番茄种好了,我绕到前面去干些除草的活儿。对街的工人已经完成了他们的工作。他们清洗了工具,坐进他们的卡车,而我刚从踏步石上轻轻掸下几只蜗牛,在一片蒲公英和香附子的海洋中坐下来,面前摊开一整天的活计。对街那些人开车走了,而我的邻居穿着一尘不染的白衬衫从她的屋里走了出来。她绕着清理过的花坛慢慢走了一圈,从各个角度打量着它们。她应该没在外面停留多久,因为等我拔完所有触手可及的杂草,挪向下一块踏步石时,抬头一看,她已经不见了。

我无法想象和我邻居请的园艺工队一样,日复一日地做着大量的体力劳动。除杂草、运泥土和剪树枝都是高强度的体力劳动。实际上,对于从事园艺在体力上的辛苦付出,我想我从来没有做好准备。

毫不夸张地说，我对这个花园真可谓鞠躬尽瘁，摆弄那些袋装粪肥、铲子和干草叉把我累得够呛，以至于有几天黄昏时我只能一瘸一拐地勉强挪回屋里。我们搬进来几个月后，有一次我扭伤了后背，疼得直接摔倒在自己正在清理的土地上，在新翻过的泥里躺了半个多小时，动弹不得，瞪视天空，周围飘荡着纯净的泥土味。我想，这就是作为一棵植物的感受吧——对着太阳时既不能翻身，也不能把脸转开。

现在回想起来，我被困在自己翻挖的泥土里动弹不得这件事似乎很可笑。但那时我吓坏了。我们搬进这座房子的时候，我才二十五岁，之前从来没遇到过类似的身体障碍。我的背花了几个星期才痊愈，我在花园里的劳动也因此受到严重限制。我不能弯腰，不能挖地，不能提东西。我才刚刚恢复花园的日常劳作，就在同一个地方第二次弄伤了自己。接着又来一次。没完没了。

"如果你不马上开始每天做仰卧起坐，"我的脊椎矫正医师说，"这种情况永远也不会真正好转。你只会反反复复地受伤。来，做个仰卧起坐给我看看。"

我在检查台上做了一个，用力时我的整个上半身都在发抖。

"看到了吧？"她说，"过一段时间你就不会抖得这么厉害了。但是你得练出些腹肌，这样你的后背就不必为你承受所有的负担了。"

我认真听取了她的建议。我开始感到担心，也许我不得不放弃园艺了，而这是我无法接受的。整个春天我都在做仰卧起坐，一开始每天十个，然后二十个，再到五十个。最后我每天能做一百个了。我并没有练出在电视购物广告里看到的那种坚如磐石的腹肌，但我确实强壮多了。当我扛着一袋腐殖土到处走的时候，我能感觉到我的腹肌开始发力，支撑着我的身体。我脆弱的、受伤的背部感觉很安全，感觉到被保护。渐渐地，它就康复了。

然而，园艺还在继续挑战我的体能极限。我仍然只能拖得动最小、最轻的袋装花泥。在用铁锹翻整园地时我仍然会遇到困难。而且，在花园里劳动了一天后，夜里我会感到浑身僵硬，又酸又痛。

如果锻炼对我的腹部有效，何不试试我的手臂呢？我问自己。谁说我必须得找人帮忙才能把袋装粪肥从我的车里扛出来？为什么我不能自己干？

我开始做俯卧撑和举重——一开始先慢慢来。我的第一副哑铃每只才两磅重。但我通过练习仰卧起坐已经有了些心得：

只要循序渐进，就能慢慢达成目标。我从两磅加到五磅，然后是七磅，再后来是十磅。这就像花园本身。没有什么是一蹴而就的。

后来有一天，我在圣洛伦索的收银台结账，打算买一袋牛粪肥。"我叫个人来帮你。"收银员说。

"不用，我没问题的。"我对她说着，思绪已经飘到家里那些等待我完成的园艺琐事上去了。我心不在焉地把车开到堆货托盘旁边，往后备箱里扔了一袋粪肥。直到我开出了停车场，又开过了三条街，我才意识到自己刚刚做了什么。进步得如此平缓，我甚至都没觉察到。随着时间的推移，我已经强壮到可以在花园里独当一面了。我变得擅长某种我从没想过要擅长的事情——体力劳动。我赶得上邻居雇的那些园艺工人了，我想。更棒的是，我不会给自己的花园拖后腿了。

没过多久，我就得到了一个机会来证实自己的想法。我就职的房产中介公司发现自己拥有一栋老旧的空置房*，就位于海

---

* 原文为 boarded up house，指美国有些房子被用木板封死了门窗，作为短期措施用于预防飓风等自然灾害，作为长期措施则用于保护空置房屋不受破坏。

滩栈道游乐园附近一个破败的社区，离我家只有几英里。公司计划对它进行整修，然后卖给附近一户低收入家庭。我并不直接参与这个项目，但不时会出席项目会议，以确保我们遵守了法律法规，跟进了文书工作，并且按规划投入了资金，操心所有这些繁文缛节正是我的职责所在。

我对那些会议没太上心。面对关于无聊的建筑细节的冗长讨论，我很容易走神。我经常在那些会议上规划我的花园，琢磨新的种子品种，设计一个更美观的生菜畦，或是思考给番茄搭支架的最佳方式。有时我会在心里盘算菜园里哪些蔬菜即将成熟，然后试着用我种出来的食材设计不同的菜肴：爆炒时蔬、田园比萨、蔬菜煲……越多越好。

但是，当话题转向栈道游乐园旁边的小房子时，我感觉自己来劲了。把一栋被弃置的老房子装修得焕然一新，这是多么有意思的项目啊。房屋的修复工作基本完成了。它有了新屋顶、新地基，新的电线和管道，还有一个改造过的厨房。它的外墙刷上了海滨度假屋常用的清新的黄色，现在就只剩下一些画龙点睛之笔了。比如景观绿化。

大家都忘记了景观绿化这回事。两周内，我们必须完成这项工程，而房子也必须一切就绪，准备上市。借口都已经找好了，只要含糊不清地说有一些"景观绿化规划"即可，或者干脆不提。

这就是行政部门的问题所在：事情往往会变得比它们的实际情况更复杂。那天我感到有点儿不爽，而我也没有掩饰自己的不爽，直接开口说道："噢，拜托，这有多难啊？去一趟苗圃，买些墨西哥鼠尾草，再买点三角梅，把它们插进泥里就完事了。这是一栋房龄八十年的海滨小屋，周围仅有两英尺宽的长条形土地。我们不需要什么**规划**。我们只需要在地里种点植物，然后把这该死的房子卖掉。"

我早该在项目会议上有话直说的，因为说完这番话的第二天，我发现自己穿上了蓝色牛仔裤和旧网球鞋，不是去办公室，而是去圣洛伦索。我刚刚被提拔为景观设计师，不过只能当一天。我开进圣洛伦索的停车场，选了个很靠前的车位，把车停在两辆景观工程承包商的皮卡中间，然后意气风发地走过苗圃货架。这里只有我和其他景观设计师，我们是唯一有理由在工作日一大早就到苗圃来的顾客。我和一位苗圃员工一起走来走去，对植物比比画画，在小本子上记着笔记，安排送货到工地去。

好**酷**啊，我递上采购单，离开了苗圃，心里这么想着。人们干这一行赚钱谋生。今天，**我**也干起这一行来了。我有一个园艺工队到工地帮忙：严格来说，我不必参与实际的种植工作，因为我的岗位职责根本不涉及室外体力劳动，但我带上了园艺手套和铲子以防万一，到时候不至于徒手挖泥。

  我是第一个到达工地的人。我坐在屋前的台阶上，喝着一杯咖啡，等待苗圃派来的送货车。这个小小的社区——海滨平原区（Beach Flats）——距离海边的栈道游乐园非常之近，本来应该是圣克鲁斯最值钱、最高级的地段之一。但事实并非如此。它完全可以成为一处富饶之地，实际上却是一个小小的贫困地带，一个以帮会、毒品和廉价汽车旅馆闻名的小型社区。从山坡高处的我家那里，能够眺望河对岸，俯瞰海滨平原区。我时不时会在半夜听到枪声和警笛声。但实际上，我生活在另一个世界。傍晚散步时我极少走到这一带，海滨平原区的居民也几乎从没去过海耀区（Seabright），除了那个骑着自行车走街串巷的男人：他身后拖着冰柜，叫卖着冰柜里的墨西哥玉米粽。

  清晨的雾气中，我坐在前门廊上，等着植物送过来。我好奇为什么人人都那么害怕这个地区。我周围的房子刷着绿色、粉色和蓝色的涂漆，颜色已褪，斑驳剥落；好几处前门廊上堆着破损的露台椅和废弃的汽车零件，有几扇窗玻璃已经破了，上面贴着泛黄的"瓜达卢佩圣母"招贴画。但是，这个地方并没有因此散发出不安全感，这里只是贫穷。

恰好在那个时候，像是事先排演过一样，街上的门纷纷打开了。孩子们出来了，他们的妈妈或者外婆、奶奶跟在后面，拿着他们的午餐，走向街尾的公交车站。他们站着等了十几分钟，女人们一边用一种轻悄的、属于清晨的声调交谈，一边盯着自己的孩子，直到校车开过来。车子停了一分钟，然后开走了，留下这些妈妈外婆奶奶们，陆陆续续地转身离去，回到各自的房子里。

我喝完了咖啡，思索着刚才看到的场景。我家附近也有一所小学，但我从来没见过类似的人群聚集着送他们的孩子上学。这个社区在这方面有些不同寻常之处。我回头看了看我们正在装修的这栋房子。它看上去充满希望，有新涂的黄色油漆和闪闪发亮的新窗户。它看起来拥有能量去激励其他邻居做出改变，共同营造一个崭新的开始，比如维修一下台阶，换一换窗户，栽种一些花儿。

圣洛伦索的运货车开过来的时候，园艺工队也恰好到了。我赶紧起身，过去帮着卸下植物，他们则去清理房子周围的窄条形土地，对付那些蒲公英、蓝莓，还有又老又硬的芦荟。我帮忙卸下植物，按照计划种植的位置，把它们沿着人行道排列整齐，在我完成这些事情的时间里，他们刚好拔除了杂草，并把苗圃的袋装腐殖土铺在地面上。我比手画脚，还用上了高中学过的一丁点儿西班牙语，来说明植物应该种在哪儿，距离房子多远，以及必须在人行道边上留出足够的空间来安装尖桩木篱笆。

那几个人行动起来之后，我呆站了几分钟，感觉我这个"植物老板"的角色有些傻气。我现在该干什么呢？站在这儿监工？进一步发号施令？到屋里去看本杂志？恰恰相反，我做了自己一直想做的事：我走到车里，拿上我的手套和铁锹，开始干活。我们一共有四个人挥舞着铁锹和干草叉干活，但地面太硬太干，光是把腐殖土拌进泥里，再把半数植物种进地里，一两个小时就过去了。

大约十点，木工队到了，准备安装尖桩木篱笆。他们其中一人看了看表，向我们这儿点点头："歇会儿吧，伙计们。"我和其他工友放下铲子，把手套塞进后面的裤兜里，和他们一起走到街角小卖店。我们一行人站在小卖店前面喝着墨西哥果味冷饮，度过了十五分钟休息时间。这是个不错的谋生方式，我心想，虽然我的背部已经开始僵硬了。同时，带着类似羞愧的感觉，我意识到，我的薪酬很可能是这些工人的两倍，即使跟他们中收入最高的人相比,甚至跟他们的工会指导薪水*来比。我做园丁是玩票式的,假装自己得终日十指沾泥地劳作。但我知道,有一份轻松的办公室工作等着我,这份工作收入丰厚,而且避免了户外劳动的职业伤害。

我们午饭前就完工了。他们整理装车,准备接着去干他们的下一份活儿,但在出发前,他们过来跟我握手,并用西班牙语夸奖我干得卖力:"你是很好的工人。"我露出灿烂的笑容,和他们握手,高兴得说不出话。离开前,我走到街对面,从而以一个更好的角度欣赏这栋房子和它崭新的景观。

那明媚的黄色涂漆,白色的尖桩木篱笆,还有那些花草,为这栋老房子带来了巨大的变化。它成了附近一带的亮点,而在房子修好之前,这里曾经是凋敝和腐烂的象征。植物们显得初来乍到、局促不安,周围盖着一层耙整妥当的覆土,像是铺了一块棕色的地毯,但我能在脑海里勾画出这里一两年后的样子:一家人会搬进来,给窗户挂上窗帘;这些植物生长得郁郁葱葱,墨西哥鼠尾草蓝白双色的穗状花朵围绕着整座房子,而紫色的三角梅爬上了前门旁边的花架。任何人都能看出,这栋房子的改

---

* 美国工会为会员谈判劳动保护、薪水、休假等,工会提出的指导薪水通常相对较高。

造倾注了许多汗水。而其中有一部分是我的。

园丁浴

有些天，我最享受的花园时光，是当太阳滑落到地平线之下，天色暗得干不了更多活儿的时候。这时我只能收拾好工具，带着酸痛的后背和满是黑莓藤擦痕的胳膊回屋休息。

啊，园艺后的沐浴。值得为之沾染尘土，值得为之拉伤肌肉。我把数量惊人的碎屑带进了浴缸——我的脚趾缝里有腐殖土，我的胳膊上有细灰尘，我的头发间有叶子和干豆荚。好像那些还不够似的，我还会带着一捧新鲜的香草迈进浴缸。这么一来，等我从水里拖出刚刚擦洗干净的身体，浴缸底部除了泥土和细枝，还会留下一道由芬芳的迷迭香和薰衣草花蕾组成的痕迹，旁边的茶杯里则装着我的花园茶饮的茶渣——猫薄荷和洋甘菊花蕾。

这是我在园艺劳作后的泡澡配方，它能治愈我因牵牛花引起的皮疹，舒活我疲惫的筋骨。

1杯燕麦片

1/4杯小苏打粉

1/4杯奶粉

干燥的香草——聚合草、薰衣草、桉树、薄荷或洋甘菊，效果都很好

把所有材料放进料理机中搅碎，直到打成精细的粉末，我用这种方法提前做好了一批入浴剂。从花园回来后，我会在浴缸里撒上一些入浴剂，再放点新鲜的香草或"玫瑰"花瓣，舒服地泡进水里，接下来——如果我还有精力的话——我就会开始考虑下个周末的园艺计划。

一季的成长

游　　客

我们都在游历，其中有些人永远在漫游，去追寻别样的心情，别样的生活，别样的灵魂。

——阿内丝·尼恩（Anaïs Nin），《阿内丝·尼恩日记》
（*The Diary of Anaïs Nin*），1980

起初，我几乎没有察觉夏天的到来。说不清为什么，我想大概是生活琐事分散了我的精力，没太关注这个。时间就这么一周周溜走，即便在花园里，在这个我认为季节变迁最突然、最明显的地方，时间的流逝也同样悄无声息。花园中并没有什么特殊的事件来昭示夏天的开始——我的番茄并非霎时间就全部成熟，我的花儿也没有一下子就齐齐绽放。到那时为止，花园里的夏天看起来和花园里的春天仍然没什么两样，到处是含苞待放的蓓蕾和稚嫩的萌芽，只是白天变长了些，泥土稍微暖和了点。

之后有一天，我正从苗圃开车回家，开到海洋大道（Ocean

Avenue）时，忽然发现自己堵在了车流之中。这情况不太正常——平时我都是沿着海洋大道一路飞驰，经过破败的维多利亚式房屋和廉价的汽车旅馆，经过窗上装着防盗网的小酒馆，经过被社区协会关停后弃置的鸡尾酒吧，经过弗雷迪墨西哥小吃店和7-11便利店。这条路上几乎没有真正的车流，我也就很少会想到，这其实是游客们前往栈道游乐园的主干道。而眼下这会儿，车辆大排长龙，一动不动，在前方一路延绵，我只能百无聊赖地等着。我望向街道的尽头，栈道游乐园就在那里，沿着海岸铺开。远远地，我能看到摩天轮缓缓转动，气势恢宏。从过山车那边传来的尖叫声格外响亮，因为轨道上同时跑着两辆过山车，一辆过山车上的尖叫呼应着另一辆上的尖叫，这种半是惊恐半是兴奋的二重奏，即使我回到家之后也还能在花园里听到。我突然发现，此刻艳阳高照，栈道游乐园边上的海面一片蔚蓝，取代了往日的灰色。

那时我才意识到：**夏天来了**。冬天早已结束，春天也迅速消逝，我甚至都来不及察觉它的离去。在我前前后后堵着的车里装满了游客：脖子上系着荧红色比基尼带子的游客，还没开到停车场就互相在背上涂抹美黑油的游客，车后座的冰柜里满是啤酒和三明治的游客。圣克鲁斯的夏日旅游季到了，我马上进入

"暴躁本地人"的角色，对闹哄哄的外地人涌入我的家园感到非常恼火：他们在我的街道上停车，他们在我的海滩上狂欢，他们还在我最喜欢的餐馆排起长队。

每个周末，他们在我的花园里扔下脏尿布、啤酒瓶和糖果包装纸，而我在每周一的清晨雾气中四处游走，打扫他们留下的残局。真正惹毛我的是他们扔垃圾的方式——如果他们把垃圾扔在街上，然后垃圾又不知怎的被吹进了我家后院，那还算情有可原。但是由于我家房子的位置比人行道高出五英尺，花园里、花丛中的垃圾只能是人们故意扔进来的。他们把啤酒瓶在我的天竺葵旁边一字排开，把快餐纸盒塞在我的迷迭香下面。他们是成心这么干的。我将这视为一种公然的挑衅，一种敌对的行为。

不过说实在的，我认为绝大部分游客根本没考虑过这样一个事实，那就是有人居住在这一带。我们这些本地人不是旅游景点的一部分，我们的街道也不是游乐园甚至停车场。那些人好像觉得我们是为他们而来的，是领了薪水来招待他们的工作人员。游客曾找上门来，借用我的电话，他们甚至想要借点油钱好开车回家。有一次，我走在人行道上，撞见一个男人**当着自己小孩的面**，光天化日之下，从查理家的院子里拔了一棵盾叶天竺葵。我震惊到在他面前瞬间凝固，气得说不出话来，瞪视着他手中的花儿。

过了一分钟，他对我灿烂一笑。"您不会觉得有谁介意吧？我只是……"他像举杯祝酒似的举起那棵植物，"我们是外地来的——莫德斯托（Modesto）*——我想在自家院子里也种一棵这种花。"

他在试图用园丁的身份打动我吗？他觉得我会因为想到查理的天竺葵在他莫德斯托的院子里长势喜人就欢呼雀跃吗？过了好一会儿，我总算缓过来，开口说道："是的，我觉得他会介意的。他从外头买回来这棵花，然后把花种在那里，就是因为他希望花儿长在那里。"我从他手里拿过那株天竺葵，把它插回泥土里，而那个男人的孩子们全程围观，目瞪口呆。

面对像他这样的人，我们很容易就变身暴躁本地人。对隐私的侵犯，对我的家园和我的生活的滋扰，不仅很烦人，有时甚至有几分可怕。在郊区，房产的地界划分是非常明确的。房产包含了草坪、私人车道和大门，人们知道这些地方不能擅自闯入。但在这儿，我们完全没有私人车道或草坪，甚至没有划线停车位。

---

* 美国加州的一个小城，不在海边，距离圣克鲁斯约两小时车程。

没有任何传统的屏障来防止外人入内。人们上车前会坐在我的前台阶上拍掉脚上的沙子,通常情况下我并不介意。有时他们漫无目的地逛着逛着就踏上台阶,走进了我的花园,还浑然不觉自己已经闯进了别人家的院子。但有一次我真是忍无可忍。那次我回到家就发现一对十几岁的情侣在我的前门廊上日光浴——不是在台阶上,而是实打实地在我的前门廊上,就在我家前门的正前方。那个男的铺开一条沙滩巾,呈"大"字形趴在上面,那个女的仰面躺着,上衣往上卷,短裤往下拉,在不真正脱光的情况下露出了尽可能多的肌肤。

和往常一样,我又一次震惊得说不出话。他们俩都戴着墨镜,所以我甚至不确定自己是否在和他们进行眼神交流。

"你好。"我说,想着我要尝试礼貌的方式。

他俩抬头看了看我,应了声"你好",然后又躺回了原位。

这未免太过分了。我在那个男的旁边蹲下,说道:"这是我的房子,不是公共区域。这就好比你躺在我的前院草坪上。"

那个男的东张西望了一分钟,一脸惊讶。他抬头看了看我,又看了看我身后的房门。他转过头,朝女朋友扫了一眼。"哇哦。"他终于发话了,同时从他的沙滩巾上挪开。他俩都从地上弹起,好像他们刚刚才第一次留意到沙滩其实还在一个街区之外,然后就悠闲自若地走开了，没再多说一个字。

尽管那些游客干了这么多蠢事，必须承认的是，我觉得他们还挺有意思的。他们来表演属于自己的大秀，带着他们的沙滩阳伞和民谣吉他粉墨登场，随时直播最美好的夏日幻梦和海滩度假时光。当我们其他人还在继续着一成不变的日常生活，在工作中疲于奔命，忙着叠衣服、付账单的时候，他们把我们这座平日里寒冷多雾的小城变成了一场海滩派对的现场，从六月一直开到九月。他们尽情地沐浴阳光，他们畅饮玛格丽特鸡尾酒，他们购买蠢萌的纪念品。简而言之，他们让我想起了度假时的自己。因此，我觉得很难一直生他们的气。

沿着海滩散步时，我可以看到自己从前度过的每一个暑假在不断"重播"。小朋友们争先恐后地跑向海岸，开心地尖叫，又跑回来抱住爸爸妈妈的腿。小女孩在沙滩上滚来滚去，假装自己是美人鱼。少女靠在躺椅上听着收音机，少年则在冲浪板上耍帅。

偶尔我会瞥见一段完美的夏日恋曲正在沙滩上展开，那种人人都憧憬的，只会发生在电影里的，甚至很显然就应该发生在圣克鲁斯的恋情。六月下旬的某一天，我去了海边。那一天异常暖和，晴空如洗，丝毫不见午后常见的雾气，一个完美的浪头汹涌而来，掀起狂澜，泡沫飞溅，浪花进进退退拍碎在海岸上。日头即将落下，在沙滩上投下一道浓郁的金光。正当我从沙滩的这头走向那头，光线照亮了浪花喷溅的水雾，将水边的每个人都笼罩在一圈朦胧的光晕中。一对年轻情侣在沙滩上打乒乓球，夕阳映衬出他们的剪影。球掉到了水里，女的追着球跳入水中，男的追在她后面，直到他俩都跑在齐腰深的海浪里。他追上了她，将她拦腰抱起，举高高，转圈圈，亲了又亲，直到浪花退去，两个人一起倒在沙滩上，就像电影《乱世忠魂》(*From Here to Eternity*)*里的伯特·兰开斯特（Burt Lancaster）和黛博拉·蔻尔（Deborah Kerr）那样。

　　游客们认为此情此景只会发生在圣克鲁斯这样的地方。然而作为当地人，我明白情况并非如此。游客自带魔法，一切与这个地点无关。让他们更开心、更有趣、更浪漫的，其实并不是大海和沙滩。我天天在这里的海边散步，经常是和斯科特一起，然而我们从未冲进浪花来一个海中热吻。是度假这件事情本身，让他们每年有那么短短一周时间，能够快乐、放松、心满意足。这对我和斯科特同样奏效——假如我们前往另一个城市，去到另

---

* 1953年上映的美国剧情片，获得第26届奥斯卡最佳电影奖，讲述的是发生在珍珠港事件前夏威夷屿上的美国海军故事。

一个沙滩。但游客们对此毫不知情,他们把一切都归功于圣克鲁斯,那我也就只好随便他们怎么想。

因此,久而久之,我开始希望这种迷思延续下去,成为游客们海滩假日那闪闪发光、花团锦簇的背景的一部分。我回想起在度假胜地和热带岛屿度过的那些假期,在那里,我羡慕地看着当地人在自家前门廊上欢笑,从自家的花园里摘下木槿花和天堂鸟,夜里走在他们茅屋村庄的街道上,那份熟稔自如让我艳羡不已。还有一种不可缺少的度假体验,就是坐在路边的咖啡店或沙滩酒吧里看着当地人,呷着高杯子里的甜饮料。换成是在家时喝这种饮料肯定会觉得很浮夸,况且还要和坐在旁边的客人漫无边际地扯上很久,刚聊到"如果我住在这儿就好了……",话头又飘到"看到山上那间白色小屋了没?我本该住在这样的屋子里……",之后是含糊不清的结尾:"告诉邻居他们可以拿走我的家具。打给公司说我不干了。我需要的不过是一张沙滩椅和一个烧烤架而已。"

我自己也说过很多次这样的话,多得我都记不清次数了。但我从来没想过会听到一个女人在路过我家时这么说:"你看那栋种着红色天竺葵的房子多漂亮啊,亲爱的。你知道吗,我一直就想住在这样一栋屋前有红色天竺葵的海边小别墅里。"而后,当他们上车准备开回家——不知是圣何塞还是弗雷斯诺，又或者是巴斯托——的时候，我听到他回答道："我知道的。那么等我们买彩票中奖以后，就马上搬来这里呗。"

人们愿意拿中大奖的钱来换我的房子？真的假的？人们对我家房子的感觉就像我对卡梅尔、门多西诺、夏威夷这些地方的房子一样？我感到难以置信，但对此我仍然很高兴。实际上，正是这个评价鞭策着我好好生活，不要辜负游客们对圣克鲁斯抱有的浪漫情怀。我开始在自己的花园里种植各种经典的加州海滨植物。我种了三角梅和墨西哥鼠尾草，和我为海滨平原区那栋房子选择的植物如出一辙。我种下冰草，那些由粉色过渡到紫色的渐变色小花，在夏天能足足盛放一个月。我让厚萼凌霄肆意爬过房子的转角，它那红色的花朵如此硕大，一只蜂鸟可以完全隐没在一朵盛开的花里。每当有小姑娘攀摘凌霄花插在头发上，我总是露出默许的微笑。

我所做的这一切都是因为游客，尽管他们也带来了噪声、堵车和垃圾。我愿意让他们相信，这个地方掌握着他们幸福的钥匙，这座海边小镇一年四季鲜花盛开。他们提醒我作为本地人要好好享受生活。伺弄着我那明媚的海滨花园时，我能感觉到他们赞许的目光；我晚上经常坐在露台上喝酒，也会向他们挥一挥手。而周一早上，游人散去之后，我就在街上走来走去，收拾他们留下的美黑剂空瓶。

那棵植物叫什么名字？

我度假时什么都买。蠢萌的纪念品，拙劣的水彩画，甚至还有主题烹饪书，比如我从维尔京群岛（Virgin Islands）带回来的那本《火辣加勒比》(*Spicy Caribbean*)。买下这些，都是希望能在家中重温度假时的体验。不过一旦我从行李箱里取出它们，这些不值钱的小玩意儿就显得既傻气又过时。

圣克鲁斯的游客们聪明多了。他们经常停下来询问我后院里种的植物的名字，也同样是希望能在家中重温海边的体验。有数量惊人的海滨植物可以在南部和西部的广阔区域内生长，再在花园四周散落地放置一些贝壳，你就可以在自家的后院里倾听大海的声音了。

下文植物描述中，括号里的数字代表了可以种植这些植物的气候区。大体而言，这些植物基本上都能耐受轻微的霜冻，但是如果遇到严重的冻害,就必须把它们盖起来或是挪进室内。

- 朱槿,开花灌木,能招引蜂鸟,盆栽或地栽都能生长良好(9、12、13、15、16、19—24)
- 三角梅,爬藤灌木,开紫红色的花,花瓣质感如纸(22—24,在5、6、12、13、15—17、19—21区域内可耐轻霜)
- 百香果,攀缘藤蔓,能攀附在网绳或棚架上生长,开紫色、红色或白色的花(5—24,取决于品种)
- 厚萼凌霄,爬藤植物,蜂鸟很喜欢,开红花或紫花(所有区域皆宜,取决于品种)
- 亮毛蓝蓟,灌木,有着奇异的紫色穗状花序,可以长到六英尺高,让人联想到以苏斯博士(Dr. Seuss)*的画风描绘的热带天堂(14—24)
- 墨西哥鼠尾草,它那修长的蓝白双色的穗状花很能招引蜂鸟,搭配在花束中效果也很好(10—24,冬天要修剪到与地面平齐)
- 倒挂金钟,灌木,适宜在吊篮中生长,花朵呈紫色、粉色或红色,美得超凡脱俗(2—9,14—24,取决于品种)

---

* 希奥多·苏斯·盖索,笔名苏斯博士,创作有《老雷斯的故事》《圣诞怪杰》《戴帽子的猫》等著名儿童绘本。

- 火把莲,灌木,经常被误认作芦荟,花穗高挺,是炽烈的红黄两色(1—9,14—24)
- 芦荟,常见生长于海滩,抽展出橘红色的花穗(8、9、12—24)

益虫和害虫

我们接下来要考虑的是如何管控害虫，或者说如何减轻它们的破坏程度。如果我们一一列出作者们在农业和园艺书中推荐过的所有方法，那实在是不胜枚举，而且人们还会惊讶地发现，长久以来各类害虫并没有被消灭，或者至少会惊讶于害虫竟然能以那么大的规模出现，就像是来给我们眼下控制它们的努力泼冷水似的。

——简·劳登，《劳登园艺百科》，1830

刚开始玩园艺时，我没想到自己会和虫子的生活如此贴近。我在书店翻阅全彩印刷的园艺书时，从来没有在那些花园图片上看到过一只虫子。虫子看起来可不像什么值得拥有的东西。没有任何一本我喜欢的园艺杂志采用过虫子成群的花园作为封面。我也从来没听过有人称赞一座花园说："你简直无法相信，那儿什么虫子都有！太壮观了！"一座花园应该是整洁干净并且没有任何虫子的。

然而，我的花园可从来不是这么回事。在橙子树首次遭遇了蚜虫和介壳虫的侵袭后，我开始加倍留意后院中的昆虫数量。我看了些资料，发现有机种植者把昆虫世界分为两个阵营：益虫和害虫。害虫给花园带来死亡、疾病和毁灭，它们榨干作物的生命，在土壤中肆虐，产下数以千计的虫卵。益虫成群而来，犹如相貌堂堂、身材魁梧的维和部队，带来和平、正义与和谐。它们守护着作物，并且为了不对你造成惊吓或滋扰，总是趁你不注意时，它们才小心翼翼地啃嚼着害虫。

我最早注意到的，是益虫都比害虫漂亮。至少是我的有机园艺书里的照片造成了这种印象。对于益虫，比如食蚜蝇、瓢虫和蜜蜂，照片拍摄的位置总是在一朵亮粉色大丽花或一朵明黄色百日菊的中心。它们全都拥有美丽的条纹或斑点，又或者优雅的翅膀。它们看起来就像你想要养在自家花园里的那种昆虫。它们友好、欢快，一点儿也不吓人。

害虫的照片，恰恰相反，让我直起鸡皮疙瘩。比如粉虱成群结队，布满一片番茄叶的背面；南瓜蔓吉丁虫，一种恶心的白色幼虫，咬穿了一根坚硬的老南瓜藤；盾蚧沿着树皮隆起，如同疱疹，肿胀着微微发紫；还有墨西哥豆甲虫，尽管它除了颜色是铜褐色而非红色之外，看起来几乎跟瓢虫一模一样，但在昏暗的绿光下拍摄的照片，显得它既卑鄙又邪恶。

益虫的名字也更出色，有的凶猛好斗，有的优美妩媚。谁不希望刺肩蝽、盗虻或者小花蝽站在自己这边呢？或者一只凶猛的虎甲，又或者一只蚁狮？有些益虫的名字非常可爱：豆娘、草蛉、花大姐（瓢虫）。与之相反，害虫的名字听起来总像小孩们在操场上互相叫嚷的不雅绰号：白菜虫（甘蓝根蝇）、溃疡虫（尺蠖）、臭大姐（椿象）。界线已经划定，牢不可破，坚不可摧。昆虫图册就像童话故事一样叫人放心，好人和坏人黑白分明，而善良总是能战胜邪恶。

然而，在我的花园里，情况可没有那么明确。首先，我分不清益虫和害虫，而且在我的能力范围内，我也不太确定该怎么分辨。比如要区分益虫寄生蝇和害虫家蝇，我得查看这只苍蝇的腹部有没有粗壮的刚毛；一只吃蛞蝓的步甲不同于吃植物的拟步甲之处，在于步甲的头上有一道棱，它的触角就是从那儿伸出来的。我没办法凑那么近，去清楚地观察这些虫子，而且它们也极少会静静地待在那儿不动，让我有足够的时间跑进屋里，翻出可以检索这些虫子的书，然后再跑回外头观察它们身上的刚毛或者棱。

反正虫子之间错综复杂的战争，还是别去插手为好。那是一场内战，而我是一个局外人，虽然强大有力，但是对"当地人"的历史和风俗都不熟悉。有一次，一片朝鲜蓟的叶片上长了许多蚜虫，我端掉了叶子背面一整个黄色虫卵的基地，以为自己消灭了可恶的墨西哥豆甲虫的后代，干了件好事。后来我发现，我除去的实际上是一个瓢虫的"育儿室"，这些瓢虫卵原本会孵化成饥饿的幼虫，以蚜虫为食，救我的朝鲜蓟于水火。我感到很内疚。接下来的几周里，我每遇到一只瓢虫都会向它道歉。

此后，我决心扮演一个稍有不同的角色，更像是红十字会，只提供食物和医疗设施，其他事情一概不再插手。我种下了西洋蓍草、薄荷、洋甘菊和百里香，这些植物能释放大量的花粉和花蜜。我撒下大波斯菊、加拿大一枝黄花和金盏花的种子，它们全都长起来了，随心所欲、纷杂混搭地开着花，覆盖了菜畦和花坛之间的空地，像一片野花摇曳的草原。书上说，这些花儿会引来各种最优秀的益虫——对园丁来说最有价值也最合心意的那些昆虫。它们会停下来吃点零嘴，然后因为太喜欢周围的环境，它们决定就此定居，繁衍生息。和平将会主宰我后院这个小小的村落。

这招并不奏效，至少一开始没有。六月温热的天气逐渐给我的后院带来了严重的蚜虫困扰。它们在我半大不小的番茄植株上耀武扬威，甚至在每棵朝鲜蓟的叶片间筑起了安乐窝。这使得清洗朝鲜蓟的活儿十分棘手：我能洗干净朝鲜蓟的唯一办法就是把它们在水槽里泡半小时，等虫子慢慢浮上水面。然后把朝鲜蓟从水槽里拿出来，水煮，过程中还会有好些虫子漂上来。处理几颗朝鲜蓟还真是一项挺可怕的工作。

夜里我翻阅园艺书籍，试图找到解决方法。需要了解的知识太多了。瓢虫吃蚜虫，但它们是四处迁徙的。像游客一样，它们只在夏天大驾光临。于是蚜虫趁冬天横行霸道，紧紧黏附在木质的茎上或树皮的缝隙中。了解这些虫子在花园里的相互关系，是抑制虫害的关键。园艺书是这样说的。

大学农场网页上的作物报告说明了他们在虫害管理上所做的努力，我读来感到很惊讶。"我们正尝试对玉米地里的谷实夜蛾幼虫采取行动，"有一次我读到，"我们在玉米地里种了几排加拿大一枝黄花。我们希望这些植物会招来小花蝽，它们是夜蛾幼虫的天敌。"费这么大的力气去消灭区区几只夜蛾幼虫！如果那些加拿大一枝黄花没长起来怎么办？如果它们没引来小花蝽怎么办？如果小花蝽虽然来了，但是它们一直没找到夜蛾幼虫,直到太晚了,夜蛾幼虫都长大了,又该怎么办?

如果我真的很想消灭蚜虫,还有另一个办法,一个潜藏在背后的选项:杀虫剂。圣洛伦索拿出了一整个货架来摆放各种除虫产品,而我还没有忘记它们给我的橙子树做了多么彻底的杀虫工作。但我也依然记得往树上喷洒杀虫剂之后我内心的歉疚和不安。我在消灭害虫的同时肯定也杀死了许多益虫。这似乎毫无意义并且罪孽深重,我常常对此感到后悔。在花园里投下一颗"马拉硫磷炸弹",简单快捷又彻底。所有的虫子瞬间死亡,花园显得不可思议地荒凉、寂静,以及无虫。但是,谁会想吃沾染了化工药剂的食物呢?如果真的要在我的菜地里喷洒那些用于超市产品的可怕农药,我干吗还要费这个劲自己种菜呢?我确信自己会找到一种有机的解决方案,即便这意味着我必须熟知花园中每一只虫子的食性、交配行为和栖息地,无论益虫还是害虫。

要解决我的蚜虫困扰,最显而易见的有机方案是瓢虫,并且我已经拥有很多瓢虫了。我开始在每晚巡游花园时寻找它们的身影。有天晚上,我在朝鲜蓟上数到至少三对瓢虫,全都在投入地交配。我越是观察,就越是意识到,我的花园里发生的性事恐怕比旧金山的一间同志桑拿中心里发生的还要多。实际上，我感觉有点尴尬，就像一个孩子在周六清晨误打误撞地闯进了爸妈的房间。我感觉自己不应该在那儿。我慢慢后撤，挪开视线，给它们一些"私人空间"。

我很开心瓢虫已经来了，但我又担心它们来得太晚了。蚜虫繁殖的速度比瓢虫吃掉它们的速度要快。我考虑过从苗圃引进更多的瓢虫来增援，但我听说店里买来的瓢虫往往会飞走，此外，它们跟先来的瓢虫"原住民"也很难共处。我无论如何也没想到事情会搞得这么复杂。我已经别无选择。

后来有一天，圣洛伦索通常放着盒装瓢虫的货架上摆了点不一样的东西：高高的塑料瓶，看着像果汁瓶，不过瓶里装的不是果汁，而是锯末和数以百计的小小的草蛉卵。根据包装上的说明，这些卵会孵化成草蛉幼虫，它们将狼吞虎咽地啃食蚜虫，时间长达三周，之后，它们会变成"富有魅力的即将产卵的成虫"，并在花园里安家落户。

我心动了。我买下一瓶，带回家放在我的花园里。购买草蛉卵会附赠一沓小小的圆锥形纸杯，就像牙医诊所里让患者用来漱口的那种。我得把纸杯固定在院子周围有蚜虫出没的植物身上，再往纸杯中倒入锯末和草蛉卵的混合物。等草蛉卵孵化完毕，幼虫就会爬出纸杯，开始消灭院子里的蚜虫群落。

我在花园各处放置了纸杯，有些用扎带绑在番茄支架上，有些嵌放在树枝上，还有一些塞进朝鲜蓟的叶片和茎干之间。我在每个纸杯里都倒满了锯末和虫卵，剩下的直接撒在朝鲜蓟绽开的花蕾上，我想，草蛉在那儿一孵化出来就马上可以大吃特吃了。

斯科特走出来看我进展如何。"你怎么知道里面真的有草蛉卵？"他一边用手指翻弄着锯末，一边问道。

"别碰它们！"我对他说着，扯开他的手，"它们在里面。看仔细了。看见那些小小的绿色虫卵了吗？"

他使劲往纸杯里看。"噢，我看见了一个！"他说着，得意洋洋地抬头看向我，"看着像只蚜虫！"

"这才不是蚜虫呢。这是蚜虫终结者！在包装盒上，就这儿，是这么说来着。"

"哦，这些纸杯挂在外头看起来好傻啊。他们就不能提供点看着更自然的东西吗？稍微隐形一点的产品？"

我不得不承认他是对的，这些锥形纸杯别在我的植物上显得有点滑稽。安装好纸杯之后，我还没在花园里见到过哪怕一只草蛉幼虫或成虫。过了大概一个月，我到外头去把纸杯收了起来，而蚜虫仍在番茄植株和橙子树上活动。不管怎么说，我确实发现，这几周以来我的朝鲜蓟上已经完全没有蚜虫了。或许草蛉已经完成了它们的任务，转移到另一个花园里去了。又或许，归根结底，我的蚜虫没有足够的吸引力让草蛉留下来。

蚜虫不是我面临的唯一问题。蜗牛逐渐变成一个严重的威胁，仅仅一个晚上它们就能吃掉几排生菜，罗勒才刚种到地里就被它们啃得精光。它们似乎比蚜虫更难控制，它们个头更大，更有存在感，而且需要正面对抗。用水管使劲喷根本不能将它们驱散。也没有什么小型捕食者会来到我的后院，斯斯文文地吃掉它们。我听说过鸭子吃蜗牛，但在后院引入一只鸭子只会把局面搞得更加复杂，而且也肯定会把这场昆虫战争升级到一个新的高度。勒罗伊会卷入其中，撵得鸭子到处跑，也许更糟，是鸭子追着勒罗伊跑。灰灰会不屑一顾地移开视线，但到了夜里，她会拒绝睡在我的枕头上，以此来表达对我的不满。这将打乱我们整个家庭的平衡。

有一天晚上我对妈妈提到了这个问题。我早该想到她准会有些好的建议。"哦,"她说,"你记得吧,在得州时,我们用碗装啤酒,放在前门廊上,防止蜗牛和蛞蝓偷吃猫粮。"她提醒了我,蜗牛(正如很多得州人民一样)对啤酒难以抗拒,会径直爬进装啤酒的碗里,全然不顾碗底还有它们的亲戚正在迅速溶解。"这算是一种防治蜗牛的土办法。"她说。

我想起来了。如果不想早上起来面对一碗爬满了蛞蝓的猫粮,唯一的选择就是早上起来面对一碗装满了溺死蛞蝓的腐臭啤酒。但是大清早的,我无法直面这幅景象,也无法忍受那种臭味。如果这是摆脱它们的唯一方法,那么蜗牛安全了,至少现在暂时安全了。

但我还挺喜欢到处求助的,没想到有这么多不同的方法来清除蜗牛,人人都有自己的法子。我打给斯科特的姑妈芭芭拉(Barbara)时,她说:"哦,对我而言,盐罐子和手电筒的办法一直很有效。夜里,等它们从藏身之处冒出来时,到外头去,往它们身上撒点儿盐。不过得后退几步——它们溶化时可是会起泡的哦。"这个方法和啤酒碗有着相同的缺点——杀死它们之后,我还得处理黏糊糊、半溶解的尸体。我依然难以面对这样的场景。另外,这段时间我和邻居们相处得特别好,我才不想让他们看见我大半夜的穿着睡袍在后院里到处追杀,一手拿着手电筒,一手拿着盐罐子,这会吓到他们的。

最终,我决定采纳园艺书里的建议,所有的园艺书一致推荐手动清除蜗牛。("手动清除",我了解到这是一种委婉的园艺用语,用来表示有计划地搜捕并且残暴地杀害。)这种方法是把它们逐个捡起,然后以某种方式处决——正面对抗。没有盐、啤酒或捕食者作为中介,纯粹是女人和蜗牛之间的对决。这正合我意。

一大早我就来到花园,然后小心翼翼地、试探性地从一棵生菜上捉起一只蜗牛。我用手指轻轻抓住它的壳。它不情愿离开这棵植物,直到我设法捏着它在叶片上摩擦了一分钟,它才终于松开了。我原地站起来,举起这只蜗牛,看向它的小灰脸,小灰脸很快就缩进壳里去了。现在我得想清楚该怎么处理它。园艺书建议踩上去,但我不认为我受得了它的壳在我脚下嘎吱嘎吱地碎开那种感觉。而且我也不希望事后它黏糊糊的小尸体粘在我家走道上。我拿着它在花园里踱来踱去,紧张而犹疑。手中的蜗牛也开始躁动不安。它从壳中探出一只黏答答的触角,然后又探出另一只。我能感觉到它的身体在壳内翻来覆去。如果一只蜗牛被惹毛了会做什么?它会对我使出什么杀气腾腾的大招?它的壳下开始涌出一点泡沫。主要是出于害怕,我把蜗牛扔到了外面的马路上。几分钟后，一辆车开过来，把它碾碎在轮下。

啊哈！我根本不必杀害它们！我可以把它们扔到马路上，然后让一些不知情的开车人士为我代劳！为什么那些园艺书不在一开始就告诉我这个好办法呢？

我又捡起一些蜗牛，把它们扔到街道上。其中有些蜗牛面对这种情况简直紧张得要命，疯狂地伸展它们的触角，在壳里动来动去。我开始边扔边向它们喊话，希望它们多少会明白事理。"看吧，"我对一只硕大的硬壳蜗牛嘀咕，"如果你能离我的罗勒远一点，事情大可不必走到这一步。"

我觉得自己像是《公主新娘》(The Princess Bride)中的西班牙人*，在决斗时还纠缠于口舌之争。我决定试试他的经典台词，那句他等了一辈子只为在杀死敌人之前说出口的豪言壮语。我将最后一只蜗牛从它的歇脚处拽起，大声说道："我名叫伊尼戈·蒙托亚(Inigo Montoya)。你杀害了我的罗勒。准备受死吧。"它最后一次向我挥动起它那颤抖的灰色触角，接着，我把它甩进了车流之中。

---

* 指影片中的角色伊尼戈·蒙托亚，他是一位武艺超群的剑客，陪伴主人公海盗维斯特雷展开拯救公主的行动。

如何让益虫爱上你的花园

要把益虫吸引到花园里来,最简单有效的办法是种上一圈专为它们设计的鲜花和香草。益虫比较喜欢开小碎花的植物,考虑到这一点,我通常会在我的菜畦周围种上一圈花境,其中包括:

- 莳萝、芫荽、欧芹:这三种一年生植物都会开出一簇簇蕾丝般的小碎花。黄色的莳萝花尤其可爱,非常适合作为插花时填补空白的配材。它们会引来吃蚜虫的蓟马。

- 牛至:霍普利牛至极具观赏性,开深紫色花,用来制作干花花艺效果极佳,并且它的魅力让蜂类难以抗拒。

- 猫薄荷和紫花猫薄荷:猫薄荷通常直立向上生长,开粉花或白花;而紫花猫薄荷开蓝紫色花,更容易沿着地面蔓生。紫花猫薄荷对猫的诱惑稍微小一些,因此更容易在有猫的花园里存活。这两种植物都能吸引大量的传粉昆虫。

- 菊蒿:与胡萝卜有亲缘关系。我在一棵朝鲜蓟旁边种了一株,就再没看到半只蚜虫,这得归功于它招来的瓢虫。而另一棵朝鲜蓟就种在几英尺外,身上布满了害虫。不信?那就自己试试看吧!

• 药用鼠尾草:进入花期后,它会长出数枝小粉花,总有蜜蜂环绕四周。适用于干花花艺。花开败后,齐茎剪下,在年底前你还能迎来第二轮开花。

• 退烧菊*:可用于一种古老的头痛偏方,这种植物的叶片深裂,而它那或白或黄的小绒球般的花朵能吸引各种益虫。

• 野胡萝卜:在美国有些地区被当成野草,但也有不少开花更盛、植株更壮的栽培品种。轻盈的白花很受益虫黄蜂的欢迎,在插花中也是补白的好材料。

• 西洋蓍草:开出缤纷的小花,色彩柔和,很能招引蝴蝶。我也看到过成群结队的瓢虫来到它的花丛中。

另外,我还撒下了播种菜地时没用完的种子,比如胡萝卜啦,芥末啦。我知道,等它们结籽时会引来许多益虫。

---

* 菊科植物,又名短舌匹菊。

室内植物

> 耗费心力去种室内植物是没用的,除非你打算当护士。
>
> ——凯瑟琳·怀特(Katharine White),《花园中的进取与创新》(*Onward and Upward in the Garden*),1958

我在室外搞园艺的同时,也在室内搞园艺。还没等我反应过来,植物就已经在每个房间占据了一席之地。我不知道它们一个个是怎么进屋的,更不确定我是否希望它们留下来。

我花了好几个月才做到直面自己对它们的感受。我曾以为所有的园丁都有室内盆栽,以为园艺爱好者其实是对会生长的东西着迷得不得了,着迷到要让自己身边环绕着植物,在卧室、厨房,甚至浴室里都要摆一盆榕树或者一盆吊兰。仿佛我们一分钟也不能跟我们的植物分开。

但事实上,在进行室内栽培的过程中,我一直暗自讨厌那些盆栽。它们让我感到无趣。它们什么进展也没有——不开花,不结果，什么也不干。它们对水分和光线提出了各种吹毛求疵的要求，不可思议的是，它们竟然还需要时不时擦拭一下。我甚至连自己书架上的灰都不擦的。我为什么要给植物擦灰？如果它们待在室外，待在它们应该待的地方，它们要么会被雨水冲洗得干干净净，要么就会学着对这点小灰尘不必介意。

几个月来我没法对任何人，甚至没法对自己承认我有这种想法。而正因如此，室内盆栽源源不断地向我涌来，就像猫咪总是被送给对猫毛过敏的人那样。

首先到来的是常春藤。事情大抵如此。"这儿，"某天一个朋友说道，"从我的常春藤上剪一段吧。只要把它插进水里，它就会生根——当然了，你是个园丁，它在你手里一定会长得枝繁叶茂的。"

可恶，我想。但我还是把它插进一杯水里，摆在马桶后面。令我讨厌的是，它在那儿也长得生机勃勃。

还有其他各种各样易于繁殖的盆栽植物，比如菱叶白粉藤、蔓绿绒等，也紧随其后，接踵而来。一天上班时，一枝"吊兰宝宝"越过办公室格子间的挡板向我伸过来，紧接着我同事的一只手也伸了过来，手里拿着一把剪刀；她把那个小小的植株从母本剪下，仿佛是在剪断一根脐带，还说："它归你了！"我不知道自己为什么没有立刻把它扫进垃圾堆，相反，我老老实实地把它插进一个陶盆里，让它在无菌盆栽土里扎下根来——实际上，这土还是我特意出门为它买的。

很快我又有了几十盆室内植物。别问我它们都是从哪儿来的。我想其中有些甚至是我自己买的，试图去开阔眼界、丰富品种。我有榕树、橡胶树，还有一些名字略带冒犯之意的植物，像是"婆婆舌*"和"流浪的犹太人**"。我对这些植物毫不上心。我讨厌给它们浇水。我讨厌给它们施蓝色的水溶肥。为什么它们不能自己照顾自己呢？为什么要我为它们干这干那——清洗它们的叶片，每当它们不高兴时就要把它们从这个房间搬到那个房间——干那些即使是为我**真正的**植物，长在室外真正的花园里的植物，我都没干过的事情？

还有那些虫子！仿佛它们不先征求我的同意，就把所有令人毛骨悚然的朋友都请来了。我**在家里**发现了粉虱、蚜虫，甚至还有介壳虫。所有我在花园里交战过的恶心生物纷纷各显神通，

---

*　"婆婆舌"指虎皮兰，因叶形狭长、叶片锋利而得名。
**　"流浪的犹太人"指吊竹梅，鸭跖草科紫露草属。名字源于十三世纪的欧洲传说：有一个犹太人嘲笑了耶稣，于是耶稣诅咒他一直在尘世中奔走流浪，直至耶稣再临。将这个传说与吊竹梅联系起来的原因，一般认为有两种可能：一是吊竹梅繁殖力强，到处生长，如同传说中的犹太人到处流浪；二是吊竹梅生命力顽强，犹如四处流浪的犹太人那样。

进入室内。我不介意在原本属于它们的地盘上进行交锋,但是我不知道在室内该如何对付它们。抓一些瓢虫放进我的客厅吗?如果我在厨房里喷洒杀虫皂剂,斯科特会不会抓狂?

我烦透了那些植物和它们令人头大的病虫害。很快,我连看着它们都觉得难以忍受。过了一阵子,我几乎不给它们浇水,并且绝对没有花过一丁点时间为它们施肥。它们显得更虚弱、更无精打采了。虫子繁衍生息。新一代虫子又在这里安营扎寨了。

后来有一天,我用一个大垃圾袋把一整株植物连盆带叶地包裹起来,然后运出去放进垃圾堆。它全身爬满虫子,因此不能放在路边任人自取。但我还是感到了一丝内疚。如果此刻大地裂开将我吞噬,或是闪电将我击倒,我也不会感到意外,因为我激怒了园艺之神。然而,这些事情完全没有发生。没有一个人留意到我的行动。于是,盆栽植物就这样一棵接一棵地不见了。

斯科特并不介意。不管怎么说,他向来不太喜欢那些盆栽。有些植物还会让他起鸡皮疙瘩,比如耧斗菜,它们长长的距*让他想起恶魔的角。我可不愿意因为他就不再种耧斗菜——我觉得耧斗菜是优雅迷人的花儿。但我很乐意抛弃吊兰,他讨厌吊

---

* 耧斗菜每一枚花瓣会伸出一个长长的管状结构,像锥形的漏斗,这个部分叫作距。

兰的理由和讨厌耧斗菜的几乎一样。"它们看起来像某种外星植物，"他说，"它们降落在这里，接着就开始从飞船上送下来许多外星植物的后代。"

家里没有盆栽是我的目标，但这很难实现，因为它们来得几乎跟我扔得一样快。姨妈给我带了一支常春藤枝条，她是从得克萨斯州我曾祖母家里一路带过来的，我不忍心拒绝。我决定继续养着的还有两棵皮实的榕树。

接着又有一天，我带回了一盆兰花*，这种花优美而特别，种起来需要一点技巧和匠心。它粉色的花朵从长长的茎上优雅地垂下，一束端庄的叶子围绕在根部。我不会讨厌兰花的，我想。连斯科特也对它颇感兴趣，作为一名收藏家，他对人们收藏的任何稀罕和特别的东西都感兴趣。兰花看起来是一种适合园丁和藏书家的室内盆栽。果然，人们一旦发现我有一盆兰花，就开始不断给我送兰花了。

过了一段时间，我已经收集了一小批兰花，我把它们都安置在装满大理石、底部注有水的浅盘里，以便在它们周围营造潮湿的热带环境。兰花是迷人的植物。它们开花，然后进入休

---

* 在这里作者指的是生长在热带地区的附生兰。

眠状态，然后再开花。它们生长在树皮上。它们不喜欢常规的浇水方式，而是更喜欢被放进水槽，每次一棵，让水流过它们的根系，就像在原生的雨林中那样。在那里它们会长在高高的树上，等待着午后阵雨的浇灌。兰花就像外国交换生，他们跟那些乱糟糟、傻乎乎的美国中学生——好比我以前种过的室内盆栽——相比，有着好玩得多的风俗，总能带来异域美食。我殷勤地侍弄它们，带它们去水槽淋一场小型的"热带雨"，给它们买特制的粉红色兰花肥，为它们更换树皮；每当我觉得它们可能冷了或热了，就会把它们从这扇窗户挪到那扇窗户。根据我的判断，它们根本不知道之前在这里生活的植物遭遇了什么样的命运。我希望它们永远不会发现。我非常享受这个全新的开始：我家室内园艺的"第二春"。我很乐意照料它们，而迄今为止，它们也很乐意待在这儿。

兰花：值得拥有的室内盆栽

兰花难伺候的名声，说来有点言过其实。早在英国收藏家刚开始赞助远征队，让他们从南美热带雨林中搜集兰花的时候，人们对兰花适应的生长环境还不够了解，因此很难让它们成活。在收藏家们摸索适宜的生长介质、温度和湿度的过程中，许多珍稀而奇异的兰花种类遭到了灭绝。维多利亚时代，人们甚至发明了一种机器，通过把兰花浸在大桶大桶的水中来防止它们干枯。

但今时今日，人们对兰花的好恶已经有了进一步的认识，几乎任何人都可以在自己家里种上一两株兰花。蝴蝶兰和大花蕙兰是两个很受欢迎的类型，它们在室内长势良好，并且不需要太多的特殊照顾。

首先，兰花生长在树皮上而非水里。它们通常高高地附生于雨林的树木顶端，扎根于树皮，充分利用雨水从树上冲刷下来的养分而生长。为了模拟这种环境，兰花出售时一般种在排水迅速的花盆里，盆中装满了"兰花树皮"，这种小块的树皮能吸收少量水分并让余下的水流走。如果植物已经在花盆里待了很久，树皮可能会逐渐分解成某种类似土壤的东西，这时就得换盆了。

人们认为兰花生长在温暖潮湿的温室里，因此奇怪它们为何能在普通的客厅里存活。其实，你可以为大多数兰花提供适宜的湿度，方法是将兰花摆在铺有一层鹅卵石或装饰石的浅托盘上，然后往托盘里倒一点水。随着盘中的水分蒸发，兰花周围空气的湿度也会增加。兰花最适合种在塑料盆里，但这不够美观。因此你也可以找一个底部无孔的漂亮花盆，尺寸比种着兰花的塑料盆稍大一些，然后在漂亮花盆的底部铺上鹅卵石，加点水，再把塑料盆放入其中。

  为了茁壮成长，兰花确实需要施一些通用型盆栽肥（专用的兰花肥市面上也有出售，但如果你手头恰好有常规的盆栽肥，直接用盆栽肥就可以了）。时常把你的兰花带到水槽那里，让流水冲刷树皮，每周两到三次。每隔一两周，用稀释的肥液代替平时的浇水。浇过水后，让兰花在水槽中静置半小时，再浇水，再静置，确保树皮能吸收到足够的水分来滋养兰花的根系。

  每种兰花都对光照和温度有不同的需求。大多数兰花喜欢明亮的散射光线，夜间的温度在55—60华氏度*之间。有些兰花则在开花后更喜欢干燥凉爽的时节，作为绚烂绽放后的休息期。

---

 * 大概相当于12—15摄氏度。

开辟小径

一点点刻意安排的漫不经心，可以成就一个花园。

——埃莉诺·佩雷尼（Eleanor Perényi），

《绿色思绪》（*Green Thoughts*），1981

某次我们在加拿大的不列颠哥伦比亚省度假时，我和斯科特去了布查特花园（Butchart Gardens），一座世界闻名的观赏花园。我们和满满一车游客一同到达，随着人潮涌向那"五十英亩精品花卉"。这里正如导览手册上介绍的那样：精心修剪的草坪、亮丽的一年生植物组成的花带、整齐的饰边植物，全都种成完美的对称效果。而且这个春天才刚种下的植物，到来年冬天就会被拔出来替换掉。一株杂草都看不到，也不允许任何一朵花儿或一枚球茎在旁边的花坛里自说自话地冒出头。任何不按照规划生长的植物，都会在清晨旅游大巴来临之前被拔除或者剪掉。

我们沿着两旁用拉绳围栏拦起来的游览小径走了两个小

时。我假装自己乐于欣赏那些铺满了整个花园的一排排三色堇、凤仙花，还有矮生的大丽花。不管怎么说，我们也是一路坐公交、乘渡船、打出租，奔波了三个多小时才来到这个热门的旅游景点的。然而，最终我不得不承认，布查特花园不符合我的审美。我憧憬的是天然的丰富多样和杂乱无章。在这个如同豪华表演船的花园里，我完全没体验到贴近大自然的感觉，相反，我觉得自己花一个下午逛了一个非常乏味的、精心布景的主题乐园甚至是购物中心。我一直感觉会有穿着笔挺的细条纹衬衫的工作人员，急匆匆地跑来，扫掉落在小径上的种荚或叶子。

我的花园完全不是这样。来到七月，它变得有几分野性，有几分凌乱。对某些人而言，它可能显得既富有魅力又轻松随意；但对另一些人来说，它看上去像是被忽视和废弃了。如果让我选择一种看待它的态度，我会选择前者。不过，我还是担心自己作为一个园丁在某些小问题上有失水准。我粗心大意，而且毛毛躁躁。我从来不做太多规划，这一点在花园中表露无遗。那些连续不断的日常维护——除草、给番茄除虫、给天竺葵换盆——搞得我很烦。从零开始打造一个花园的兴奋感逐渐消退，取而代之的是等着我去打理的这堆野草般的、乱七八糟的植物。

我忘了给花儿搭支架，向日葵渐渐向右歪斜（它们总是向右歪，我也不知道为什么），直到花茎一根接一根地弯折，花盘趴到地面上。我把一些小灌木种得间距太近，它们像车后座上的孩子似的争夺空间，为了阳光充沛的位置大打出手，在地下对彼此的根系又踢又撞。没过多久，它们就因透支体力而显得有点虚弱，病恹恹的了。我还留了点空地，什么也没种，这么做的原因连我自己都不太清楚。举个例子，半个侧院都晒不到太阳，每一次我想找点植物种在侧院而去逛圣洛伦索的阴生植物区时，都会觉得很无聊，然后我就会走神，不知不觉地逛回向阳花卉区。最终我放弃了，任凭黑莓接管了这块荫地。这是个愚蠢的决定，因为在缺乏阳光的情况下，它们根本连一颗果子也结不出来。

我努力说服自己，花坛里的这种混乱其实是一件好事。我开始收集关于乡村花园的书，并且深信我拥有的正是这样的花园。高高的一年生和多年生开花植物混合生长，全都交错在一起，只需要最低程度的照料就能长得很好。书上告诉我，一座花园不应该只是设计得像个曲奇印花模，也不只是一块六英寸高的彩色花毯，靠施肥和催花开出一个短暂而疯狂的花季。对花园而言，一点点野性是必不可少的。花园应该有丛生的灌木、干枯的种荚，还有休眠的多年生植物，就这样任凭它保持常绿而不开花。干预太多，花园就永远长不成它应有的样子。书上建议，让花园尽可能地顺应天性。如果它看起来很乱，好吧，也许那就是它注定要成为的样子。

这种建议对我很有吸引力。随它去。别管太多。既然瓢虫和蝴蝶看起来都不介意，那我为什么要在乎呢？随着时间的推移，我开始喜欢这种松弛的打理花坛的方式了。我对这一套做法逐渐发展出了一种非常圣克鲁斯式的、新纪元运动*式的观念。我在"顺应"花园。我会让**它**来告诉**我**该做些什么。

我得到了一个机会来实际检验这个做法是否妥当。那天晚上我比斯科特早一个小时到家，并且即将动身去旧金山过夜。游客太多，我们终于受不了了，于是我们决定去住高层酒店，在那儿自己当几天游客，享受一下大城市的乐趣，比如说在剧院区看一场戏，又比如吃一家穿凉鞋入内会显得不够正式的高级餐厅。为我们的旅程做好准备只需要几分钟：打包一小袋行李，给猫留点吃的，洗掉留在水槽里的餐盘。我在屋里忙前忙后，边做出行准备边留意晚间新闻。我完全没考虑过我的花园，直到我把旅行袋放在门边时，一眼看到门廊上摆着四盘装在六孔育苗盘里的大波斯菊花苗，它们已经是秧苗长高、根系爆盆的状态了。一

---

* 指二十世纪七八十年代西方流行的一种社会文化，涉及的层面极广，涵盖了神秘学、替代疗法，并吸收了宗教元素以及环境保护主义思想。

周前我从苗圃买回了这些花苗，然后忘了去种。如果我整个周末继续把它们留在外面，它们会在夏日高温下脱水、枯萎。我知道我得马上把它们种到地里去，在我们动身进城之前。

再过大约十五分钟，斯科特就会到家，然后我们就要出发了。我手里拿着花苗往外走，停顿了一下。我要把这些花苗种在哪儿？一眼望去，花坛显得很拥挤，满满当当，就连几株花苗也容纳不下了。我买它们并不是想着要种在具体哪块空地上，我原本打算随便找个边边角角把它们塞进去。

我真的被难住了。我不知道应该先干什么。如果赶时间的话，十分钟之内我正好可以种下一排生菜。用铲子在地里挖一道菜畦，打一排洞，放入菜苗。这是机械化的流程，不需要多加思考，而且一旦备好土壤、挖好菜畦，花不了多少时间我就能种好菜苗。但这次的情况不同。这些纹瓣大波斯菊不属于食材花园中的整齐队列。它们是野性十足、自由自在的植物，能长到六英尺高，在空中舒展它们明艳的花朵和羽裂的叶片。我想起了那些关于乡村花园的书里让花儿自由生长的建议。我知道，我不能告诉它们向何处去。得由它们来告诉我，把它们种在哪里。

我把六孔育苗盘倒过来，让一株花苗掉进我手里。我抖落根部的土块，在花园里慢慢地走动，为它寻找一个完美的位置。

就在这时,我听到了一个声音:"**在这儿,休闲区边上,**"花苗低语道,"**然后在我周围再种上两三株。**"

现在我必须要说明,这些花苗并没有直接对我说话。并不是真的有个声音在向我发号施令。更多是一种本能、一种直觉,我离合适的位置越近,这种感应就越强烈,手中的花苗像是道金术中的占卜棒*。我开始相信大多数园艺爱好者都有过这种经历,虽然我们对此并不津津乐道,也没有任何一本我看过的园艺书提到过这个话题。这种关于把植物种在哪儿的直觉,这种园艺上的"占卜术",在花园的规划过程中,在闭门埋头于方格纸和彩色笔的那些下午,始终保持缄默。当我用心钻研光照和水分条件、伴生种植和土壤类型时,它安安静静,袖手旁观。关于高度和色彩的精心考量,它也丝毫不去干扰。但当我手拿花苗站在花园里,它就清清嗓子,开始说话了。"**别把我们全都种进角落里,在前头分散地种几棵。**""**把我种到香草园里。**"我认真倾听着这个微小的声音,对它的吩咐一一照办。不然我还能怎么办呢?毕竟,这些植物对于它们要待的地方也应该有几分发言权。要在那里

---

* 道金术源自十五世纪的西方,是一种用于寻找地下的水、金属、矿藏或其他物品的感应术,实际上并无科学依据。术士一般手持树枝或L形金属棒等操作,这些工具称为占卜棒。

努力存活的可是它们,而不是我。

我的曾祖母要是听说我的花苗会对我说话,肯定不会感到惊讶。她与她花园中的居民非常亲近,马上就能感知其中有哪一个欣欣然自得其所,哪一个又缩在后面郁郁寡欢。"挺直身板。"她曾经对前门廊上的三色堇说,同时轻轻触摸着花瓣,仿佛她正挑起它的下巴,"你啊,就像你的兄弟们一样,总是懒懒散散的。"

我妈妈同样会表示理解。她一直和她的盆栽保持着密切的关系,恩威并施,让它们在阳光灿烂的客厅里茁壮成长,若是它们态度配合,她还会对它们感激地呢喃。妈妈曾经带我和弟弟去新墨西哥州,在那儿我们和她的朋友林登(Linden)一起开着车翻山越岭。林登一瞥后视镜,刚好看到我正在向一片野花挥手。"喔喔,"他摇头晃脑地说,"她在给花儿传递信号呢。简直跟她妈妈一模一样。"

此刻,站在花园里,我知道斯科特随时会到家。我只剩几分钟时间了,但这项活计又急不得。每棵花都想要被种在专属于它的位置。不知不觉中,我走进前门廊,在花坛里种下了一棵;又回到菜园,把最后一株花苗种在了番茄的后面,它告诉我,在那儿它会成为一排亮黄色向日葵当中唯一的粉色花朵。

就这样,花儿和我相得甚欢。一般来说,我会遵循它们的指示。我尽量拔除野草,摘下枯死的种荚;但是,除此之外,我抵制住了任何想要去清理、去规整、去施加一种秩序感的诱惑。我的花园看上去挺好的——有点随意,但挺好的。

菜园就完全是另一回事了。它同样有缺乏条理的问题,某种意义上有过之而无不及。它原本开了个好头——一大片清理干净的方块地,菜苗被种成一道道直线。之后,当我开始播种时,我发现种子很容易跑偏,幼苗会跳过几行菜苗忽然冒出来,很快整齐的菜畦就模糊在一起,而我也就拥有了一大块乱糟糟的拼布般的菜地。它甚至都算不上是方形的了。每当我种下新的几行菜苗,它们总会形成某种倾斜的角度,最终我拥有了一块巨大的梯形菜地,尴尬地坐落在查理家的篱笆和我那棵柠檬树之间的空地上。

对于我家菜园的外观,我感到挺难为情的,它看起来像是有谁拎起了一个真正的菜园——讲究色彩搭配和几何造型的那种——然后从一架直升机上丢进了我家后院。那些奇形怪状的土堆上种着七倒八歪的秧苗,菜畦边缘杂草丛生、参差不齐,真是令人发愁。这个菜园显得既不靠谱,又没人疼。怎么可能有人愿意吃从这片乱摊子中长出来的东西呢?

我又回头翻阅我的乡村花园书。它们都有关于蔬果园（potagers）的章节，这种食材花园（kitchen garden）的名字源自法语单词"浓汤"（potage），一种用风味浓烈的香草调味而成的蔬菜浓汤。书上说，根据定义，蔬果园是人类的创造物。它的成败取决于园丁的技艺和才智。那里种植的蔬菜通常不是野生的，也不是任何地方的原生种，它们是历经好几个世纪的精心栽培和繁育才得到的产品，因而需要大量的呵护和照料。一个食材花园应该是整洁有序的，这是它受到精心规划和照料的体现，这说明有一个理智的人在打理它。应该有一道边界环绕着它，还得有一条小径穿过它。整齐的菜畦以野性而肆意生长的花境为界，这是一种花园里的良性平衡。书本打消了我的疑虑。

这些书说得有道理，简单的打理会带来深远的影响。我决定，是时候做出一些改变了。反正这个菜园太小了，我原本就计划在明年大肆扩建。我可以现在就布置起来，在这盛夏时分。只要挖好菜畦、铺好小径就可以了。那些我已经种下的蔬菜可以继续待在原地，我就在它们周围施工，它们将得到充足的空间尽情舒展，等到来年春天，我就可以从头来过，种上两三倍的蔬菜。

然而，首先我得找出一个好的布局。事实证明，设计一个长方形菜园有非常多种各不相同的方式。你可以种成直排，横向或纵向都行。考虑到我在维持直排菜畦方面的黑历史，我马上否定了这个想法。另外，我也想要设计一个更好玩的、更像几何图案的布局，以此证明我其实也能规划出一个清清爽爽、井井有条的园子。

另一个显而易见的选项是以棋盘样式布局的小方格菜畦。每一格尺寸较小，方便打理；你可以探身到其他方格去干活，而在每个小方格里，你可以把蔬菜种成短短几排或者菱形图案，又或者，如果要种像瓜类或者朝鲜蓟这些比较大棵的植物，你可以在方格的中心位置垄土种上一棵，再围绕方格的边缘种一排食用花卉或香草。方格菜畦在作物轮种方面也有优势，而根据我床头柜上的一大堆园艺书所言，轮作对菜园来说至关重要。比如番茄之类的植物，不应在同一个地方连茬种植，否则病毒会在土壤中累积；每一块菜地在换茬种植不同类型的作物时，都需要留出一段长时间的休整期。如果你这一年种了番茄或辣椒，第二年你就得在那块地上种豆子，第三年种玉米或瓜类。整齐、紧凑的格子便于让蔬菜逐年移栽——第一年排好顺序，之后每年把所有作物都往旁边移动一格。但这对我来说显得太刻板、太军事化了。光是想想那些小方格就搞得我很紧张。如果我忘掉了它们的轮种方式，把它们全部往回挪了一格，刚好挪到了它们去年待过的格子里，事情会变成什么样呢？

设计菜园的各种选项由此越发复杂精细。自中世纪以来，法国人把蔬菜种成三角形、菱形和半圆形等图案，这种菜园被称为模纹花坛（parterre）。这种奇形怪状的小菜畦比传统的方形菜畦更便于除草，而且种植密度更大，效率更高。修剪整齐的黄杨绿篱和薰衣草花带围饰着菜畦的边缘，人字形砖砌小径从菜畦中穿过。这种设计最开始流行于观赏灌木和花卉，但在1914年，面对国家陷入战乱的现实处境，法国维朗德里城堡的园丁们在观赏性的模纹花坛里种上了蔬菜。在城堡优雅的花园里，原本卑微的甘蓝和南瓜被升华为一种艺术，紫甘蓝和泛青的韭葱搭配种植，营造撞色效果，西葫芦乖乖地长在黄杨绿篱圈定的范围之内，荷包豆爬上了巴洛克风格的铁栅栏。有了维朗德里庄园这个榜样，将菜园视为一个极具装饰性的展示场所的理念越发盛行了。

不出意料的是，这些景观菜园存在一些实际问题。当一个设计有赖于植物的准确布置，比方说，一块红绿生菜相间种植的菜畦，又或是由皱叶欧芹围边的菱形甘蓝菜地，采收蔬菜会变得极具破坏性。假如拔起一行甜菜做晚餐会毁掉花园精心打造的布局，即使最饥饿的园丁也很难下得了手。有些人通过间隔式采收蔬菜来避免这个问题，这样一来，菜园的结构得以保持，疏减的过程是均匀进行的。但是我在想，如果甘蓝不是按顺序长大成熟，而是下一个该摘的还没成熟，而其他甘蓝——必须留在原处保持菜畦整齐的那些——已经迫不及待地长大了，事情又会变成什么样呢？

解决这个问题的一个办法是在看不见的地方设置"工作菜地"，里面种满培育好的菜苗，每收割一棵成熟的蔬菜，马上就有菜苗可以种到地里去。如果你想要一颗洋葱，你可以去拔，但是在你的后备菜地里必须有一株洋葱苗替补它的位置。想必过不了多久，我就会发现有一个办法可以省略采摘蔬菜然后种植替补的繁琐环节：直接从工作菜地里收割蔬菜，让景观菜园原封不动，就像一个从来不去使用的主客厅一样。

虽然这些豪华表演船一般的花园听来很可笑，但我还是忍不住在一些设计类书籍中寻找灵感。确实有些想法可以挪用到我的小花园上，比如拱门和隧道在观赏性花园中常用来增添几分建筑上的趣味。我可以搭一个通向花园的竹拱门，让荷包豆攀爬上去；我也可以围绕一棵最显眼的中心植物展开设计，比如巨大的朝鲜蓟或矮化的果树。当我翻看园艺设计书光鲜亮丽的页面时，似乎一切皆有可能。尤其令我着迷的是一座复杂精巧到不可思议的大型食材花园，它的一侧有个规整的结纹香草园*。我想，我也可以那么弄，只是规模稍小一点。接着我翻到下一页，才发现自己刚才看的其实是凡尔赛宫的照片。

还是不了吧。我走过去凝视我未来的菜地的位置，认真考虑着。最初，当我决定把这块地清理出来，全部用来种菜的时候，它看起来很大。但当我看过那些华美的法国庄园式花园之后，我拥有的这一小块地就显得很小了，小得可笑。模纹花坛在我的圣克鲁斯小花园里会充满违和感，它过于隆重了。

最后，我选定了一款简单但优雅的布局：四个三角形交会在中心，通过铺设一组 X 形小径来实现。这是一个不错的设计，相当好打理，便于我维护，但是又够有趣，看起来好像我也贡献了几分匠心。每块菜地都够大，够种好几种不同的蔬菜，并且会有足够的空间来种朝鲜蓟和芦笋之类的多年生作物。

现在我要决定铺设小径的材料。我否决了砖块和石材，因为这样太规整了，而且对一栋租来的房子而言过于固化了。有一本书推荐使用草径，但我没有耐心去等待一整片草长起来，况且

---

* 结纹花园（knot garden）是一种极具设计感的花园造型，整体看上去像绳结缠绕的图案，俯瞰效果最为明显。

那样我还得给草地浇水。我只想要简单、便宜的东西,还要既可以抑制杂草,又能显得整洁。稻草看来是个显而易见的选项,而且我能在镇上的一家饲料店里买到它。它会给园子带来一种田园风情,仿佛我刚好在饲养马匹,然后决定把多余的稻草用来给农作物护根。看起来既整齐又专业。人们会看到我的花园,看到整齐的菜畦和稻草铺成的小径,想着:"这可是一个认真的园丁干出来的活儿!"

一大捆稻草大约五块钱,而这么多稻草刚好能塞进车的后备箱。我从饲料店把稻草运回家,铺在我新修的小径上,总共才用了不到半捆。我刚铺好,斯科特走出来,搂着我站在那里,欣赏着花园的种种变化。"这看起来像个微型有机农场。"他说道。而我站在他旁边,扫视了一遍。干净的黄色稻草标示出每块菜地的边界,让眼前的景象焕然一新。就像我让自己的花园流露出几分野性那样,我也试图给我的菜地带来更多的秩序感。它们在后院的两端形成了美妙的平衡,当中是果树。我把剩余的稻草束拖进车库,在车库里它散发出一股香甜的干草气息,让我想起了谷仓。斯科特说得对——我有一个属于自己的后院农场,在那里有夏季蔬菜正渐渐成熟,有仓库储存着稻草、铁锹和耙子,在这些事物之间,在花坛那里,还有一片小小的荒野正在边缘处悄悄蔓延。

终极设计

我依然没有放弃有朝一日要建造一个正宗的法式模纹花坛的想法。当我在海边自己的第一个小花园里劳作时，还梦想着一个充满异国风情、光鲜亮丽的新花园——颇有点不忠的感觉。**你怎么这样啊？**我能听到大地在抗议。**在我们共同经历了这么多风风雨雨之后，我已经配不上你了吗？**

因此我只是暗自这么想，希望花园不会看穿我的心思。我梦想着有朝一日会采用这些布局：日式家徽、凯尔特绳结、什锦拼布，还有彩色玻璃花窗——任何兼具复杂精致和几何意味的事物都可以用作种植方案。我会为每块菜地选种配色大胆的蔬果和花草，比如白茎瑞士甜菜配银叶菊、红叶生菜配橙色的万寿菊、紫甘蓝配蓝色的六倍利。像荷包豆或番茄这样的高大植物，我会种在菜地中心的垄岛上，吸引人们向上看，这样一来，视线就刚好碰上周围环绕的向日葵和蜀葵。

以下是一些我一路走来积累的布局技巧：

- 用绳子和木桩在花园中标出设计蓝图。诀窍在于使用尺子，认真标线，使每一棵植物的间距都准确无误。(在这个种植方案中可别听从一朵大波斯菊无谓的突发奇想!)
- 围绕每块菜地种植可食用花卉和一年生香草，以此形成视觉上的边框。粉花香葱、三色堇和皱叶欧芹都是很棒的选择。
- 任何花园都难免长出杂草，展露野性。选择一种规整的材料铺设你的园中小径，可以额外增添几分结构感，无论是以人字形砖块组成的图案，还是用方形水泥板铺成的简单步道，都会有助于凸显花园的布局。
- 采用棚架、矮化的果树或者玉米之类的高大直立植物，为花园带来一些高度。将这些具有一定高度的元素隔开均等的距离，给花园增添一份立体层次感。
- 认真地考虑你的蔬果长成的时间，这样就不至于每种作物都同时成熟，并因此而打乱你的花园布局。举个例子，红生菜和玉米就是一个很好的组合，因为在生菜可以采摘的时候，玉米还要经过很长时间才会成熟。实际上，在玉米继续生长的过程中，你完全可以先从地里采收一茬春季生菜，再种下喜热的紫红罗勒补位。

第一位来客

我的花园曾经有一位政府高官前来做客。格兰特总统（President Grant）恰好在独立日前大驾光临……我想过把我的大门装饰一番，以此"欢迎国家的园丁"，但是我讨厌多此一举，所以没有实施。尽管如此，我还是在周六那天勤勤恳恳地劳动：我把除不掉的野草都埋了起来，这样看上去就很美观了；我还用剪刀修剪了车道旁的绿篱，任何可能会让这位大人物感到碍眼的东西也都清理干净了。

——查尔斯·达德利·沃纳，《我的花园之夏》，1870

迄今为止，我的花园尚未迎来任何一位值得一提的访客。我的父母来过城里一两次，跟着我在院子里转悠，欣赏我的劳动成果。他们兴奋地注视着盛放的向日葵，惊讶地窥探着蚯蚓堆肥桶。我尽量保证他们来的时候我有点东西可以招待：一束鲜花、一盘烤南瓜。我自豪地把这些宝贝摆在他们面前，而作为回报，他们送上大量的赞美和恭维。

然而，他们是**亲人**。他们对我做的任何事情都会非常赏脸。直到我的朋友安妮特从阿尔伯克基打来电话，说她准备前来拜访时，我才意识到，一个花园可以成为多么厉害的个人成就，它又会多么容易辜负别人的期望，如果它不争气的话我又得有多崩溃。

我一开始几乎是努力劝她别来了。"你过来时想去哪里玩？"我问安妮特，"葡萄酒之乡怎么样？我可以带你去索诺马（Sonoma）。"

"嗯，那里一定很好玩，"她说，"但我真正想做的是参观你的家。最重要的是，我想参观那个我已经久闻其名的花园。"

她想大老远地穿过大半个美国来看我的花园？也许是我给她写信时吹嘘得有点过头了。我对她谈论我种的香草和蔬菜，还有各种花草，一样一样地单独列出来："罗勒、牛至、百里香，还有迷迭香。虞美人、金盏花、香豌豆、向日葵。"文字表述可能比真实情况更令人心驰神往。这大概是我的错。我是不是因为没有什么别的东西可以夸耀，就在聊到花园时稍微粉饰了一下？我不太确定。也许是吧。

跟她打完电话后，我在外头转悠，干点花园里的活儿，主要是拔除杂草。我一边干活，一边试着用别人的眼光来看这个花园。我一直想要把它打扮得漂漂亮亮的，给游客欣赏，但忽然之间，有一位游客的看法会比其他所有游客的意见加起来还要重要。正当我站在那里思考这个问题时，我从洗衣房的窗玻璃上看到了自己的影子，一个模模糊糊的、站在花园里的我。这画面看起来不太顺眼。我穿着一条旧运动裤和一件T恤，上面有斑斑点点的粪肥污渍。我戴着一顶有损形象的得克萨斯长角牛队*球帽，给我的脸挡太阳。泥土在我的指甲盖下面结块，而我的园艺鞋里填满了腐殖土，多得足以给半个院子施肥。没来由地，我身上还带着一把相当凶残的、锈了半截的修枝剪。简而言之，我看起来一团糟。但最让我发愁的还不是**我的**模样，而是花园的模样。

我站在那儿，从耳朵里掏出碎泥，调整我的帽子，同时以一个刚从更衣室镜子里瞥见自己身影的少女的眼光，仔细打量着周围的事物。我的庭荠长得太老了，乱蓬蓬的。我应该把它连根拔掉，我想。生菜叶上布满了难看的斑点。肥堆又开始散发出怪味，而我的番茄果小得可怜——比别人种的小太多了。

为安妮特的到来而做准备，迫使我严格地审视我的花园，看

---

* 得克萨斯长角牛队是得州大学奥斯汀分校的橄榄球校队。

到它的真实面貌，而不是我希望它成为的样子。比如说，在前门台阶边上有一小块空地，我在那里种过的每一棵植物都莫名其妙地死掉了。经过各种不见成效的折腾，我在好几个月前就已经宣布放弃了。我买过新的花土，种过各种植物，从娇气的小型观赏植物到好养活、无需打理的雏菊，后来我撒过野花种子，甚至还尝试过一种入侵性的地被植物——当时苗圃工作人员还劝我别买，他们说这种植物会长满整块地盘。没有任何植物能在那里存活超过几个星期，而我一直想不通这是为什么。过了一阵子，我开始借助想象，把任何我想要种在那里的植物填充进去：某一周是血红色的钓钟柳，下一周是轻盈的黑种草。我意识到，我的花园充满了虚拟的修正，如同海市蜃楼：我看到的植物并不是它们实际的样子，而是在我的想象中，经过一两年后花园变得成熟而完美时的样子。这个地方究竟是什么样的？我对它已经了如指掌，反而无法看到它的本来面目。

我们搬进来时，我对花园抱有许多期待。我像是透过柔焦镜头想象它的样子，朦朦胧胧、模模糊糊，一个与我们的理想居所相称的梦中花园。我翻阅花园杂志，把我在上面看到的图片拼凑起来，形成了一座想象中的花园：黄瓜蔓爬上手工打造的棚架，窗槛花箱中垂下如瀑的蓝色六倍利。一整个花园只用来种夜间开花的植物，花园的中央有一个铁艺长椅，我和斯科特可以并肩坐在星空下。这个花园已经存在于我的幻想中了，而且我确信，只要假以时日，现实一定会赶上理想的脚步。问题在于，现在还没赶上呐。

我不可能靠幻想中的花园来打动安妮特，我必须对现实中的花园采取行动。也许我得再种点植物，把这个地方打扮起来。我开车前往圣洛伦索，看看能在那儿找到什么。在她来之前我只剩下几周时间了，所以我需要购买已经长大开花的植物，那样它们直接就可以挺立在我的花园里争奇斗艳。这样一来就缩小了我的选择面。那些放在促销台上萎靡不振的植物虽然蕴含着巨大的生机，但已经不再适合观赏，就不在考虑范围之内；那些目前只有 12 英寸（约 30 厘米）高的多年生植物，尽管一年内就能长成非常壮观的、4 英尺（约 1.2 米）高的开花灌木，对我而言也没什么用。我需要的是能马上种进土里，看起来漂漂亮亮的植物。

速成。这才是关键词。我在逛圣洛伦索的时候，一次次回到"速成色彩"区块，过去我总是忽略那一排排盛开的一年生植物。我早已决定不做一个"速成园丁"。然而这一次，我发现自己无可奈何地被三色堇和金盏花吸引了：它们是亮丽可靠的开花机器，是让全国各地每家园艺中心生意兴隆的春播草花，每盆只要两美金。以前我从没想过要买这种植物，但是现在我遇到了一个问题，而它们简直是专为解决这个问题而存在的。我有一块空地，需要填满五颜六色的花朵，唯有它们可以马上入场，立刻完成这项任务。我四下张望，确保身后绝对没有哪位有机蔬菜园丁能看到我。我可不想让他们看见我往购物车里装老品种、大路货的三色堇，或者比这还糟糕的，矮牵牛。

可我不得不这么做。实际上，我有点走火入魔，在购物车里装满了五颜六色的一年生草花。它们像是园艺界的糖果，一旦尝过甜头就难以抗拒。我买了些凤仙花和堇菜，开着花的地被植物，还有——我对此感到特别丢脸——十几盆一加仑大小的草花，像是蓝盆花啦，大波斯菊啦，它们正处于花期。哪怕再过一百万年，我也绝不会想到自己竟会堕落到这种地步，花五块钱去买一盆轻而易举就能通过播种生长出来的玩意儿，有些甚至根本就是杂草而已。我觉得有点儿不好意思。但它们看上去很美，用来冒充是从我的花园里种出来的，说不定还过于美了。我担心自己会屈服于这种园艺界的"厚垫胸罩"的诱惑——有些东西其实并不是我的，然而只要花上一些钱，我就能号称它们是我的，而且没人会发现真假的区别。

回到家后，我迅速把植物都种进地里，几乎不必费心准备花泥，甚至不用考虑它们种在什么位置最合适。我似乎又回到了从前的习惯。只求效果，而且要速速见效。我没什么长远打算。它们最终全部干枯而死都没问题，我在乎的是，先把安妮特的来访对付过去再说。它们是替身演员，是临时工。只要它们完成了自己的使命就万事大吉了。

这些一年生植物在我的花园中找到了一席之地，相比之下，其他植物都显得有些没精打采。我走进屋里，翻箱倒柜，终于找到了一瓶旧的蓝色水溶复合肥，是我以前用来给盆栽施肥的。如果我施一点非有机肥，花园会不会介意呢？我倒也不觉得这样做会带来什么伤害，但是当我喷洒无机肥时，还是感到了几分内疚，我在想自己是不是一个坏妈妈，辛辛苦苦地用健康而均衡的饮食把小花园拉扯大之后，竟然又喂它吃垃圾食品。

花园并没有变漂亮。三色堇和矮牵牛显得又傻又假，格格不入。它们让我稚嫩的小花园看起来像是化了个大浓妆。我并不认为这次临时抱佛脚的行动带来了任何好处。我在想什么呢，种下可笑的小棵三色堇然后往它们身上喷化肥？我是失心疯了吗？

让我的花园看起来完美无瑕，像是杂志上的花园，像是别人幻想中的花园，为何就那么重要呢？我想我仍然感到难以置信，竟然有人愿意大老远地跨越半个国家飞过来，然后在旧金山、葡萄酒之乡和我的花园这几个选项中，选择来参观我这一小块其貌不扬的海边园地。

迎接安妮特到来的布景已经搭好。我和花园的关系变得紧张不安：花园径自依照自然天性生长，但我不断屈服于把它打扮起来的冲动，多种几株三色堇，再四处喷洒一些蓝色复合肥。在她到来的那个早上，我在花园里风风火火，忙前忙后，拔除杂草，从花茎上扯下残花，还对植物们轻声叮嘱，仿佛它们是冯·特拉普家的孩子们，正在准备和继母见面。*

正当我开车去迎接安妮特时，我忽然想到，我甚至不确定自己能否认出她来，也不确定她能否认出我。我们在初中时就互相认识，但自打九年前读大学后，我们就再也没有见过对方了。她后来读了个心理学博士学位，而我后来——嗯，打造了一个花园，还是个几乎跟我形同陌路的花园。所有这些对花园

---

* 二十世纪二十年代，奥地利军官格奥尔格·冯·特拉普的妻子病逝后，修女玛丽亚来到他家，为他的七个子女做家庭教师，过程中两人产生感情，结为夫妇，玛丽亚成为孩子们的继母。后来在玛丽亚的指导下，冯·特拉普家庭合唱团诞生。经典电影《音乐之声》就是据此改编而成。

的担忧让我心烦意乱，几乎忘记了旧友重逢的珍贵，忘记了看到我的生活映照在她眼中的样子，具有多么重要的意义。这家伙认识我的时候，我还年少爱做梦，满脑子装的都是些根本没打算付诸行动的计划。在她的记忆中，我对自己长大后的生活有什么设想？在她眼中，我现在的生活是否与之相符？

我曾经想要成为一名诗人，而我只在不知名的文学期刊上发表过几篇作品。我曾经想要生活在一条船上，说来也怪，我找到了一个离水这么近的房子，与我的梦想出奇地贴近。我曾经想要做一个兽医，取而代之的是，我养了一只老猫，在她衰弱无力的岁月里，她一直让我扮演她的护士。我有没有聊到过关于想当园丁的话题？我想我没有。那么斯科特呢？至少在这一点上我超越了当时的自己。斯科特，比起我和安妮特在得州读高中时凭借有限的与同校男生来往的经验所能幻想出来的任何形象，都更聪明、更有趣，此外还忠实可靠得多。我很清楚这一点，退一万步说，安妮特一定会为我建立了美好的家庭而高兴的。

我和她在旧金山的一个旅馆碰头，她刚在那里开完会。当她走出电梯，我意识到我之前其实不该担心我们会认不出对方。

九年过去了,她看起来仍然和我记忆中的她一模一样:同样明亮的蓝眼睛,同样闪耀的金发,过去的十年光阴没有给她留下一丝皱纹。"你一点儿没变!"她冲过来对我说,"你看起来和过去一模一样!"尽管很确定自己保养得没有她好,我也不打算多费唇舌了,而是拿过她的一个行李箱,然后和她一起穿过大堂向我的车走去。

"你现在确实是个**医生**了吗?"我用一种假装不相信的口吻问道。我总是觉得这些标签特别了不起。

"嗯,我想是吧。"她郁闷地说,"但还在试图让病人们相信我是医生。我看起来就像他们的孙女。你能**想象**吗?"

如此这般,我们又重新续上了十八岁时中断的旧日话题,仿佛这些年只是弹指一挥间。我们决定先向北开到葡萄酒之乡,毕竟还是要去品尝一下香槟,然后下午再向南开往圣克鲁斯。开往索诺马的路上,她一股脑儿地告诉我她去年婚礼的各种细节,以及她在退伍军人医院的新实习。

"天呐,安妮特,这一切听起来是那么……充实(substantial)。"过了一会儿我说道。

"充实?你这么说是什么意思?"

"我也不知道……就是成长了很多吧,我想。看看你,看看你和克里斯（Chris），没到三十岁就成为执业心理医生了……"

她打断了我。"噢，拜托。你呢，海滩边的大豪宅，美丽的花园……"

"呃……你去看了就知道了。"

我们大约十一点到达科贝尔（Korbel），品尝了酒庄里的每一种香槟，然后在酒庄的花园里乱逛，有几分微醺。喔唷，我想，还没看我的花园就先去逛科贝尔的花园，可真是个馊主意。我觉得自己好像直接走进了一座我一直努力模仿的、杂志上的那种花园。花园中的一切都尽善尽美。当一棵铁线莲爬上一丛灌木月季，二者配合得是如此完美，铁线莲在灌丛每一处没有花蕾的空位绽放花朵，仿佛它们早已合计好了要这么做。完全看不到一株杂草。我也找不到一片叶子带有蜗牛啃咬的痕迹——竟然连一片也没有。我满心羡慕地走在花园里，甚至有一丝气恼。这些都是**理所应当**的，把你们的吊篮全都种上红色、白色和蓝色的半边莲，来迎接独立日吧。我暗自想道。后面还种了三十英尺宽的香豌豆？何乐而不为呢？说到底，他们雇了一大群园丁，还有一位全职的园艺师，若是达不到这种效果，要这些人来干什么呢？

我努力不让自己的酸意流露出来。我充当了一位高明的园艺专家，一边逛一边把周围的植物指给安妮特看：毛地黄、铁线莲、杜鹃花。

　　过了一会儿,她问道:"你的花园和这儿像吗?"

　　"呃……"香槟让我的大脑反应迟钝。我实在想不出一个响亮的回答。"嗯,不像。它呢……你懂的……小一点儿。"然后,为了转移她的注意力,我又说:"快看,那整面墙爬满了多花素馨。我从这里都能闻到它的香味。"

　　"你是什么时候认识这么多植物的呀?"她问道,"你怎么什么都知道?我不记得你高中时对植物这么感兴趣。这一切是从什么时候开始的?"

　　我望着她有一分钟之久,陷入迷茫,脑袋歪向一边。我也没有这种印象。我同样吃了一惊,突然发现自己学到了这么多东西。"其实我也不知道。这只是这么些年来发生的一个改变。"

　　"你一门课也没修过?你没有专门去学?"

　　"没有,基本上可以算是……自然而然就会了。"在科贝尔花园外的篱笆上,我们静静地坐了很久,翠绿和金黄交织的葡萄园一直延伸到地平线。

　　参观完葡萄酒厂,我们调头开向圣克鲁斯,紧赶慢赶,总算在日落之前赶到海边。在长途车程中,我几乎忘记了因花园而产生的紧张不安，但是，当车子停在我家门前，这种感觉又回来了。花园还在那儿，跟早上没什么两样，熟悉得令人沮丧。我想我可能怀有几分不切实际的期待，在我离开家的这段时间里，花园会变成原来的两倍大，还有许多新的花儿从地里冒出来，给我们俩都带来惊喜。

安妮特随我走上台阶，沿着屋旁的绿篱往里走。我期待着一句客气的赞美，像是"看起来你在这上头花了很多工夫啊"，或是"我敢说这里过几年一定会很漂亮"之类的，但她没这么说，而是毫不犹豫地脱口叫道："哇！这看起来好像科贝尔花园啊！"

即使我投入了这么多时间来让我的花园鲜花盛开，把它装扮得美丽动人，我也没有想过她会**这么**说。"几年下来你更会哄人了。"我嘴上对她说着，心中却暗自欢喜。我跟着她四处转悠，听着她对我的花儿、我的菜蔬和我新铺的干草小径大呼小叫。我喃喃自语，真希望她能再晚来一两个月就好了，到那时各种植物都会进入盛花期，所有蔬菜都会长大成熟。我对她说，距离这个花园的巅峰期就只差一个月了。而我在心中对自己说，离巅峰期**总是**还差一个月。

当我和她并肩而立，环顾四周，之前由于我想炫耀自己的花园而带来的种种焦虑，都显得有几分可笑，又有几分可悲。我在想些什么呢？我内心的某一部分居然真的相信，我可以凭一己之力将我的海滨小花园改造成园艺书上那些豪华庄园中的一员，还要恰好赶在一位老朋友到访之前完成，而这位老朋友偏偏太了解我，她并不期待我的花园完美无瑕。

和她一起站在花园里，我顺手从茎干上摘下枯萎的雏菊，我已经意识到了什么才是我真正拥有的：一个有灵魂的花园。话说回来，一座完美无瑕的花园有何乐趣可言？那很可能会让我感到，我必须先擦干净自己的脚才可以走进花园。不，我已经成长了，懂得爱我的花园要爱它的个性，爱它的成功也同样爱它的失败。我一直想要的，是一个强壮而具有野性的花园，一个我能够在其中劳作、挥洒汗水，并且把自己搞得脏兮兮的地方，而这正是我所得到的。这是个**真正的**花园，有自己的小缺点和倔脾气，但它仍然是我的花园。

几分钟后，斯科特走出来自我介绍。他让勒罗伊像块披肩一样盘在他脖子上，他俩看起来都有点狼狈，好像刚刚从小睡中起床，而事实证明确实如此。灰灰跟在他们后面小跑出来，仔细地嗅着安妮特。"还记得她吗？"我问灰灰，弯下腰去揉了揉她的头顶，而她坐在那儿，抬头望向我俩，像是真的记得一样。

斯科特是我们花园的绝佳导游。当我站在一旁,忸忸怩怩、张口结舌的时候,他能一一指出所有的亮点。"你见到蚯蚓了没?"斯科特问她。

"呃……没有,我想还没。但我有一种预感,马上就要见到了。"

"哦,你得见一见那些蚯蚓。"斯科特热情地说,"它们是艾米最爱的宠物——当然,仅次于灰灰啦。"说着他对灰灰点点头,而灰灰已经跳上了后门廊,在渐渐暗淡的阳光下眯起眼睛看着我们。

我掀开了堆肥器的盖子。蚯蚓全都被盖在一层报纸下面,我用一把手铲把报纸推到一边,翻出了几百条胖乎乎的红蚯蚓,它们正纷纷蠕动着逃离日光的照射。"看见没?"我对安妮特说,"它们会把我们的厨余统统吃掉,然后留下**这些**。"带着几分浮夸,我从堆肥器里拎起两层托盘,给她看托盘下面黝黑的蚯蚓粪肥。

"我早该料到你会养蚯蚓。"她对我说道,然后转向斯科特,"读九年级的时候她坚决不肯解剖蚯蚓,你知道吗?而且不出所料,我是她的实验搭档,所以打那以后所有解剖的活儿都归我了。"

"嘿,我知道你想当医生。"我说,"所以我认为这对你来说是很好的训练。一个作家为什么要知道怎么解剖蚯蚓？"

"我又不是**那种**要做手术的医生。"她笑着说道，"但我确信这对某些事情来说是很好的训练，我只是还不确定是**什么**事情。"

我原本还想在外面待得久一点，给她详细讲一讲蚯蚓的来龙去脉，讲讲蜗牛，讲讲我们从花园里收获的各种美好的食物。但太阳很快就要落山了，我们得速速冲向沙滩，赶在游客们把最好的位置全都抢占之前，找到一块地方来野餐。我们来到沙滩，刚好来得及占领最后一个水泥火炉，然后我和斯科特生起了火，而安妮特则沿着岸边走来走去，紧盯着海面捡拾漂流的浮木。我们躺在火堆前，看着天色渐暗，繁星初现，畅饮我们从科贝尔买回来的香槟。吃完饭，我们在火上烤起了棉花糖，然后把烤好的棉花糖涂到我专为这种场合而买的那些贵得离谱的曲奇饼上。

安妮特饶有兴致地东张西望："我不得不说，当年我们读高中时，我绝对想不到你最后会定居在一个这样的地方。"

"是啊……际遇总是很奇妙。"我说着，又给自己倒了杯香槟，"这生活是不错。你现在知道了吧，我和斯科特天天晚上都会这样在沙滩上吃晚餐。"

"得了吧,你们才不会呢。"她说。她环顾沙滩,打量着灯光闪耀的栈道游乐园,又说道:"可是,你们怎么还能记得天天去上班呢?这就像一个无尽的假期。"

我笑了。"我的生活看起来真的那么美妙吗?"我问道,试图透过她的目光去想象我那浪漫的、海滨沙滩小屋的生活,"为什么平时在我看来并非如此呢?"

"我不知道哎。视角不同吧,我猜。"

"大概是吧。"我在沙滩上舒展身体,仰望着垂落入海的无际夜空,海天相接之处幽暗、奥妙,神秘莫测。我们仨静静地坐在那儿,仰望着星空。偶尔我们会发现,星星中的一颗其实是一架准备降落在圣何塞的飞机,我们就凝望着它慢慢靠近。它从遥远的海上低调无声地飞过来,在我们上空高高盘旋,机灯闪烁着红白两色,徘徊于星辰之下,等待着降落许可。

为安妮特准备的花园三明治

在海滩上野餐可能会搞得很复杂。得跟风沙做斗争,并且,当你一只手顾着吃东西的时候,另一只手总是忙于一些杂七杂八的事情,像是挥走一条好奇的狗啦,把纸餐盘放好啦,或是在流沙中努力找地方安放一只葡萄酒杯。所以,当我带朋友去海滩野餐时,我会尽量做一些好吃又好拿的食物。下面是一款我专为安妮特设计的"压扁三明治"(flattened sandwich),目的在于既能用上许多从我的花园新鲜出产的食材,又不会在海滩野餐时散架。谁能抗拒最后一次炫耀的机会呢?

食材:(可做2份三明治)

1条宽法棍

5—7片生菜叶(采自花园)

1颗大番茄,切成片

1颗紫洋葱,切成薄片

10—15片罗勒叶

1/2磅菲达芝士或新鲜的马苏里拉芝士

2大匙从特产杂货店买来的即食橄榄酱或者什锦碎橄榄

花园中盛产且适合炙烤的任意蔬菜(例如茄子、甜椒、西葫芦)

1汤匙第戎芥末酱

2汤匙橄榄油

1 汤匙红酒醋

步骤：

①在切成薄片的茄子、甜椒、瓜类上刷橄榄油。用不粘锅或室外的烤炉充分炙烤，直到每一面都焦化。

②罗勒叶切丝，方法是把几片罗勒叶卷在一起，然后切成细长条。

③法棍纵向切开，一面抹橄榄酱，另一面抹第戎芥末酱。把烤蔬菜、番茄、洋葱、生菜和芝士叠放在切出来的半条法棍上。

④撒上罗勒丝，淋上橄榄油和红酒醋，再把另外半条法棍盖上去。

⑤用蜡纸包好，然后在上面放一块木砧板、一个大餐盘，或者其他重物（砖块和烹饪书也可以），把它压扁。就这样静置至少一个小时，然后裹着蜡纸把它切成两截，在动身去海滩之前把每一份三明治都单独包好。

番　茄

噢，我还记得我看见的第一颗番茄。那时我十岁，正沿着一条老式的小巷飞奔。路的两边有高高的木栅栏，是当时俄亥俄州的人们司空见惯的场景。它那红润的脸庞点亮了某个围栏拐角，也深深吸引了年幼的我。

——A. W. 利文斯顿（A. W. Livingston），

《利文斯顿与番茄》（*Livingston and the Tomato*），1893

事实证明，在我第一年栽种的所有菜蔬中，番茄是最难搞的。种植番茄的过程中，有太多需要了解的知识和太多容易出错的问题。番茄会染上各种疑难杂症，而这些病害根本就没有有效的治理手段，无论是用有机的办法还是其他措施。病菌看来无处不在：从土壤中冒出来，随着风的吹拂飘过来，从一棵番茄蔓延到另一棵番茄。你也不能拿它们怎么样。让植株之间隔开几英尺间距会有点帮助。用滴灌的方式浇水，保持叶片干爽，也会有点效果。你还可以在叶片上喷洒辛酸铜，在泥土里掺入微生物杀菌剂。但是大多数情况下，你还是不得不站在一边，束手无策，愁眉苦脸地看着叶片开始变黄或者果实上出现病斑。

"除掉所有被感染的植物。"园艺书冷酷无情地建议道。这对于一个新手园丁来说是个糟透了的建议。在为我的番茄倾注了那么多心血之后，我怎么可能下得了手除掉它们？我用腐殖土和粪肥改良土壤，我尽心尽力地购买市面上每一种番茄有机栽培产品，各种各样的粉剂、喷雾，甚至还买了一款红色塑料覆膜，据说它能反射紫外线中刚好适合番茄果实生长的那部分光线。我在种植番茄的周边产品上花了太多钱，早知如此，我大可以用这些钱去买品质最上乘的番茄，直接从意大利送货到我家，到头来没准还能省一点钱呢。

所以，当我第一次看到病斑或是一小片皱缩的叶片时，我并没有把番茄连根拔起，而是硬扛，用我简单粗暴又无效的办法来护理它们，感觉自己就像一个南北战争时期的战地医生，只能用万金油和污损的绷带来治疗伤员。在我笨拙的照料下，有些番茄的表现更为出众。曾祖母的荷兰番茄和樱桃番茄都生机勃勃，长得又高又壮，结出了许多绿色的小果子。'白兰地'番茄薯叶形（potato-shaped）的大叶子上时不时出现枯痕和斑点，但似乎很快就会长出许多鲜嫩的绿叶来替代底下凋萎的老叶。剩下的那些番茄总是病病歪歪、营养不良的样子，每天都有更多的叶子发黄变棕，然而它们依然不断地开花结果，因此我还在给它们加油打气。

我对传家宝番茄很感兴趣，它们有着好玩的名字和丰富多彩的历史。虽然关于**传家宝**（heirloom）这个词的确切含义还有些争议，不过大概来说，指的是种子代代相传、能一直追溯到1940年以前的番茄品种。人们为了追求其绝佳的风味而栽种传家宝番茄，但最初吸引我的是它们与众不同的名字。'白兰地'番茄听起来就很高大上，而且它们确实名不虚传——自种的'白兰地'番茄果实还又小又绿的时候，我从农夫集市买了一些回来尝鲜。我一吃就明白了为什么它们被推许为番茄爱好者的心头好：那种饱满、成熟、盛夏时令的番茄味，正是番茄爱好者整个冬天都梦寐以求的。

'图拉黑'番茄是我最喜欢的番茄名号之一。种子目录对它的描述是"深暗发紫的棕色，果肩青绿"，有着"完美的酸甜平衡度和美妙细腻的质感"。但我对这些毫不在意。我只是想在别人问我种了什么番茄时，能够说出这个名字。"图拉黑"，这个名字可以是迈尔斯·戴维斯（Miles Davis）*的一张小众专辑，也可以是一本场景设定在一间幽暗的俄国酒吧里的间谍小说，还可以是一款搭配冰冻伏特加的禁售鱼子酱**。如果我更加前卫大胆、标新立异，可能会更适合种这种番茄，不过我决心一试。

此外还有些番茄我也是纯粹因为名字而挑中的。'伊娃紫球'番茄让我想起天鹅绒、跳舞卡***，还有奶奶那一辈人少女时代的造型。曾祖母在得州有个姐妹叫莉莉安（Lillian），而当我读到有一种名叫"莉莉安的黄色传家宝"的番茄曾在一个得州家族中代代相传时，我就犯了思乡病，一心想要种种看。

不过，我一直以来最喜欢的番茄品种名字还要数"散热器查理的贷款终结者"。种子目录讲述了西弗吉尼亚州洛根市（Logan）的查理·拜尔斯（Charlie Byles）的故事，他有个绰号叫"散热器查理"，因为他在山脚下开了一家散热器维修铺，而

---

*　迈尔斯·戴维斯（1926—1991），美国二十世纪最有影响力的音乐人之一，爵士乐创作者、指挥家、演奏者。

**　美国从2005年起禁售俄罗斯产的野生鲟鱼鱼子酱，这种鱼子酱在禁售前就非常昂贵，是食物中的奢侈品。

***　十九世纪初至二十世纪初欧美流行的舞会仪式。跳舞卡由舞会组织者提供给参加舞会的女士，女士们用跳舞卡记录舞会的音乐曲单和舞伴名单，如果跳舞卡被填满，就说明这位女士非常受欢迎。

大货车开过这座陡峭的山坡时，经常因发动机过热而出现故障。他对植物育种一窍不通，但他坚持给他能找到的果实最大的四株番茄进行异花授粉。几年后，他培育出了一种美味可口而且个头巨大的番茄，并以每株一美元的价格出售番茄苗，这在二十世纪四十年代堪称天价。最远有人从两百英里之外赶来购买他的番茄苗。六年之内，"散热器查理"就靠这种番茄还清了六千美金的房贷。

八月初，我园子里的番茄果实个头尚小，不过有不少'金太阳'樱桃番茄已经成熟了，还有些个头更大的番茄也开始变色。虽然番茄还未完全成熟，但我发现，那些传家宝番茄即使在最佳状态下，它们的模样也很搞笑。'白兰地'番茄的果实扁平、奇形怪状，以番茄蒂为中心放射出深深的裂缝。它们的果皮太薄，基本上不可能完好无损地运往杂货店，这就是为什么除了农夫集市之外很难在别的地方找到它们；而在农夫集市上，农人总是小心翼翼地对待这些番茄，仿佛它们是用玻璃吹制而成的一样。许多传家宝番茄都有猫脸畸（catfacing）的印记，那是一种无害的疤痕，授粉时遇上低温天气就会产生；或者有同心圆形状的皲裂，那是番茄蒂周围一圈圈开裂的组织。我一学会这些术语就喜欢到处掉书袋。住在离葡萄酒之乡这么近的地方，人人都能对一款酒的"入口性"或它的巧克力和黑醋栗风味聊上几句。但是，有多少人能评论'尼尔医生'番茄特有的猫脸畸造型，或者称赞'阿米什金'番茄那完美适中的酸甜度和淡淡的柑橘香调呢？

　　渐渐地，番茄成了我花园中的头等大事。它们已经凭借古怪的习性和奇特的名号赢得了我的青睐。我下定决心，无论如何都要让它们安然度过夏天。但我从未预料到，我对番茄的耿耿忠心会遇到这样的考验。那天我走到外面，发现一堆细细的碎泥堆在我的番茄地旁边的小路上，而在它旁边，有一个大小跟我的拳头差不多的地洞。我的血液瞬间凝固了。**地鼠**。而且距离它们打洞的地方不到两英尺就是我的'白兰地'番茄。

　　我知道事情严重了。这不像蚜虫的侵害，要经过几天、几周甚至几个月才会弄死一棵植物——而且这种伤害通常是可逆的——地鼠一旦出手，那可是既迅猛又致命。它们能在刚刚种下春季球根的花坛里打洞穿行，赶在发芽前吃掉每一个球根。它们也能猛地一拽就把整棵植物拖进它们的地洞，只留下一根光秃秃的木桩和地面上的一个小洞。我所有的邻居都曾经跟它们交手过招，以前我还奇怪为什么我没看到过哪怕一只地鼠。

有个朋友曾经告诉我,刚搬来圣克鲁斯的时候,她整个秋天都在仔细研读球根目录,为自己的花园选择所能找到的最稀罕、最新奇、最昂贵的球根。她把价值数百美金的球根种进地里,然后,托地鼠的福,十天之内球根就全军覆没了。她对此倒是看得开,耸耸肩膀对我说:"嘿,我给它们买来大餐,甚至还帮它们埋到了土里,那我何必要为它们享用了这顿大餐而生气呢?"

我完全不知道该怎么除掉一只地鼠或鼹鼠。杀死它们?我不认为自己能下得了手——再怎么说,它们也是哺乳动物啊,而且你甚至能为它们找到一条辩护理由:它们有棕色的皮毛和小巧的尖鼻头,很可爱的。鼹鼠是我在《柳林风声》(The Wind and the Willows)里最喜欢的角色,我确实不能想象,如果它们可爱的伙伴在邻居的花园里享用一顿丰盛的大餐时被毒死了,或者被一股猛烈的水柱或毒气赶出了舒适温馨的地下家园,河鼠和蟾蜍先生会作何感想。

我也接受不了用陷阱笼子捕捉它们。我就是不想和它们面对面。市面上也有颗粒状毒药,我原本可以买来撒进它们的地洞,但要毒死它们实在让我觉得过意不去。某只地鼠妈妈、地鼠爸爸痛苦不堪地抱紧自己毛茸茸的棕色小肚皮,而它的家属在旁边伤心欲绝地哀号,这种设想准会让我在夜里辗转难眠。

有一阵子，我想到勒罗伊也许能抓地鼠。某天下午，我曾经看见他紧盯着地鼠洞，竭尽全力伸长爪子，竖起耳朵捕捉从洞穴传出的声响。他看起来已经心中有数。我四下张望，找寻灰灰的身影，但她正躺在厨房的地板上呼呼大睡。她早已过了追逐地鼠的年纪，但她年轻时曾是一个灵敏而老练的猎手。如果她愿意的话，完全可以给勒罗伊传授一两招，但很显然她没兴趣。我站在后门看着勒罗伊围着洞口团团转，他的鼻子抽动着。我悄悄收走了他的食盘，给他的饥饿感火上浇油。

勒罗伊在那个洞口旁守了一整天，而我就任由他去。毕竟，他是一只猫——他又没有工作，耗得起八个小时来等待一只地鼠。那天下午，我一边给番茄搭架绑蔓，一边听见旁边一阵紧张的吱吱咯咯的声音，于是转过身去：**是的**，勒罗伊已经困住了一只地鼠，追着它跑进茂密的牛至丛，在那儿他忽而用爪子拍打地鼠，忽而用力把头伸进去想看得更清楚。突然他的粉鼻子被地鼠咬了一口，勒罗伊大吃一惊，向后撤退。

我坐在那儿，目瞪口呆，想着我那些脆弱的传家宝番茄，庆幸我的猫终于找到了一份有所收益的差事。那只地鼠死定了。我已经开始考虑要怎么处置它的尸体，倘若勒罗伊弄死它之后还剩下什么残骸的话，我是应该把它扔掉，还是应该留下来给别的地鼠作为警示呢?

但就在转眼之间,那只地鼠从灌木丛里蹿了出来,而勒罗伊习惯了比较从容地进行捕杀,就任由它绕过花坛,然后安然无恙地消失在它的洞穴之中。勒罗伊不太会对付这些在地里打洞的小动物。自己的猎物忽然就这样消失了,他显得很惊讶。他站在洞口边,像一个嗜血狂魔,疯狂地甩着尾巴。我希望他从这次经历中吸取教训,记住玩弄猎物太长时间会导致什么后果。因此我悄悄走出花园,锁上身后的门,留下他在那儿落寞地盯着地鼠洞,思考究竟出了什么问题。

显然,我不能指望通过勒罗伊去控制地鼠的数量。我在产品目录中搜寻,终于找到了一种名叫"鼹鼠追击者"的东西,并且决定尝试一下。这款装备会发出一种地下震动,如包装盒上的图片所示,这种震动会让鼹鼠和地鼠捂着耳朵争先恐后地逃出花园,但除此之外不会造成其他伤害。更棒的是,这款"鼹鼠追击者"是风能驱动的,这意味着我不用操心充电电池和充电线的事情。"噢,不过还有个问题。"斯科特说道。当我把全部零件从包装盒里拿出来时,他正在看说明书。"这上面说你还要准备几英尺长的镀锌管子。"

确切地说，是 8 英尺长的镀锌管。包装盒上的图片显示，地鼠几乎是在低头逃离翻转的风车叶片，但事实与之相反，这款设备高高耸立于花园当中，并且其工作原理似乎是发送由风能驱动的地下震动波，覆盖半径达 100 英尺。我把风车叶片组装好，跑到五金店买了 8 英尺长、半英寸粗的镀锌水管，然后把"鼹鼠追击者"安装在我的菜园里，就在我那块被糟蹋了一半的番茄地边上。

我站在那里，看着风车叶片在午后微风中懒洋洋地转动。说明书向我保证"只要每 24 小时内间歇转上几分钟就好了"，但不管怎么说，我还是用力猛转了一下叶片，然后竖起耳朵倾听地鼠的小脚丫向四面八方逃跑的声音。一片寂静。

"我们怎么才能知道它是否有效呢？"斯科特问道，他有点怀疑，但仍然努力表现出支持的态度。

"噢，正在运行呢。"我对他说，"等着瞧吧。"我已经可以想见，地鼠们正在我的菜园底下不知什么地方接受第一轮地下震动波的冲击，打包起它们的餐盘和书本，也许还有几张全家福，连滚带爬地逃向小河，在河鼠和蟾蜍的家里愉快地住上很长一段时间。河鼠和蟾蜍会让它们宾至如归，也会邀它们四处游历探险，甚至还会帮它们找到一个新家，远远避开我那高大崭新的

"鼹鼠追击者"发出的、虽然气势汹汹实则并无害处的震动波。尽管这样并不能彻底驱除地鼠——它们还会不时地重新出现,留下讨厌的地洞,然后再度消失——但它们会以一种步步为营的姿态小心地绕开菜畦,而我自此再也没有损失过一棵番茄。

番茄的困扰

加里·易卜生(Gary Ibsen)在他的《番茄大全》(The Great Tomato Book)一书中评论道:"我相信确实有很多园丁受到上天的眷顾,年年都享有优质的土壤,从不需要给他们的番茄施肥。"但对我们这些凡夫俗子来说,总是有满满一仓库的有机番茄制剂,是专为强健植株、防治病虫害而预备的。我使用各种制剂,每年都用,而这样确实有效避免了番茄的营养不良、凋萎和锈病等问题。

以下是我为了保证我的番茄长得高大茁壮而采取的措施:

• 育苗时使用平盘和无菌的育苗基质。番茄苗需要均匀的湿度,而无菌基质最有助于防止发霉。

- 萌芽期提供强光源。种子萌发期间,番茄苗在长达18个小时的光照下长势最好。我还没来得及买一盏生长灯,但我一直注意把番茄苗放在家里光照最好的位置。

- 早施肥,勤施肥。我用的是一款浓缩型液态肥,这款肥料氮含量高,并且是专为幼苗设计的。

- 等番茄苗长到几英寸高时,把它们移栽到四英寸盆里,这时候使用有机盆栽土。种下番茄苗时要尽可能地深,把一段茎埋到土壤里。番茄苗会沿着这段茎长出根须,变得更强壮,更能适应室外环境。

- 在番茄苗离定植的时间(在圣克鲁斯是4月1日)还有一两周的时候,就开始培育壮苗,让它们适应室外环境,方法是每天把番茄放在室外几个小时,并且逐渐增加时长,直到夜里也留在室外。

- 将番茄植株定植到用腐殖土和粪肥改良过的地里。定植时施用均衡的有机颗粒肥。如果你所在的区域降水充沛的话,就在土壤中添加一些骨粉,以便补充经过雨水冲刷可能会流失的钙质。这么做能预防蒂腐病,那是一种不时出现在番茄蒂周的软烂灰斑。

- 用红色塑料膜覆盖地面,塑料膜在一些种子目录上有卖。

它可以将紫外线光谱中的特定部分反射到植物身上，促使植物结出更大的果实。

- 定期喷洒辛酸铜来预防锈病和霉菌，这在很多有机种植的产品目录上都能买到。
- 喷洒洗洁精水来消灭蚜虫。黄色粘虫板的除虫效果也不错。
- 定期浇水，但也别浇太多。在番茄开始坐果的时候追施一次颗粒肥。

罗　　勒

每一位园艺爱好者的土地上都应该开辟一个香草园。甜香草有时会带来收益，方法是把多余的收成卖给菜贩子和药材商。后者通常会一口气买下主妇想要出售的所有香草，因为香草的主要货源是由专业人士种植，然后流转到批发商手上，等各地的小经销商拿到时通常已经不再鲜嫩了。

——利伯蒂·海德·贝利,《园艺手册》,1923

当花园里有什么事情进展顺利时，我总会感到惊讶。我通常都做最坏的打算：干旱啦，病害啦，虫子成灾啦。不过有些时候，尽管遇到了各种状况，但问题总会得到解决，最后的结果倒也还不错。种植罗勒的过程就是这样，虽然一开始并非如此。今年早些时候，我围着番茄地种了一圈罗勒，并且对自己的所作所为心知肚明：摆出价值五美金的香草，作为蜗牛第二天的早餐。生长在我花园里的罗勒只有一种可能的命运，那就是被一路从叶子啃到枝条上,直到整条茎只剩下黏糊糊的一小节,并且接下来这仅剩的一丁点儿也会消失得无影无踪。迄今为止,我试过把罗勒种在门廊上的陶盆里,种进铜箔胶带的屏障里,我也试过把它安排在香葱和芫荽当中,以期蒙蔽那些虫子。这些最初的努力没有为我带来任何成效,就只换来耗费一整个下午晒着太阳,栽种香气浓郁的罗勒幼苗的乐趣罢了。

我见过别人种罗勒。我知道这不是什么难事。我曾经拜访过一对朋友,他们有一座小小的香草结纹园,特色是种植了五颜六色、各个品种的罗勒:紫红罗勒、柠檬罗勒、叶片特大的莴苣叶罗勒、小灌木似的希腊罗勒。花园的主人抱怨说,罗勒太多了,多到他们天天晚上吃青酱已经吃腻了。他们甚至开始做罗勒醋,还把剩下的罗勒挂起来晒干,准备等到冬天再吃。要不要来一点?他们问得很殷切,像是在把不要的衣服送给一个穷亲戚似的。我要不要帮他们的忙,带一些罗勒回家呢?

我去过一个农场,那儿有一大片几乎望不到边的罗勒。罗勒的季节快要结束了,它的叶子又老又硬,农夫集市的顾客已经转向百里香、甘牛至这类浓香的木本香草,用来给他们的炖菜和烤南瓜汤调味。农场的主人任由罗勒开花结籽。它们就像一块吸引蜜蜂的磁铁,为农田招来许多蜜蜂。蜜蜂先是围着罗勒的小白花嗡嗡打转，接着就飞去给农场的秋季作物授粉。再过几周我就会拔掉它们了，他对我说，并且不耐烦地瞟了一眼那片甜罗勒，像是在说，反正**这里头**我想要的都已经到手了。

我用这些经历来说服自己，我也能种好罗勒，即使在寒冷和雾气中，即使在我的花园这个昆虫战场的正中央。我在两个月内已经种了三拨罗勒，每次都是平平淡淡地种下，相当随缘，仿佛这是普普通通的事，会带来顺其自然的结果。我可不想吓着那些罗勒。我把罗勒和其他植物种在一起，没有表现出我已经陷入深深的怀疑和忧虑，也不去透露我那充满生机的罗勒苗其实不是被种下，**而是被宣告了死亡**。

不过，第四次种植时，情况有所不同。我沿着屋前的挡土墙种了两棵樱桃番茄，它们的藤蔓可以从挡土墙悬垂下来，搭在通往前门廊的台阶上，出现在沿着人行道走向海滩的路人面前。种植过程中，我加倍用心地开垦苗床，仔细拔除所有的牵牛花和蓝目菊，清理掉板结的黏质土，添加从苗圃买来的腐殖土。我用黑色塑料膜盖住了苗床，这样既能暖化泥土，又能抑制野草生长。接着，我用竹子和细绳为番茄幼苗搭了支架，在五月的第一天种下了它们。

然而，还是有点不太对劲。这个地方看过去就是黑色塑料膜和水泥墙，显得光秃秃的，人工痕迹很重。要等到好几个月之后，番茄才会长到比较好看的高度。我心想，我不妨在边上也种点什么。种点能马上开花、赏心悦目的植物来暂时填补空白，直到樱桃番茄——我们尊贵的嘉宾——闪亮登场。

我去了趟苗圃，带着一年生的蓝色鼠尾草和甜罗勒回到家。我决定轮流栽种这两种植物，这样一来，等罗勒被吃掉以后，鼠尾草就可以补位，遮盖住罗勒被不断啃食而空出的地方。鼠尾草高高的蓝色花穗会引来蜜蜂，还能跟将要长出的橙色樱桃番茄、黄梨小番茄形成欢快的撞色。

我种下那些罗勒后频繁查看，做好了心理准备去发现较大的叶子上有被啃出的洞，还有蜗牛扬长而去时留下的黏糊的痕迹。然而什么也没有。罗勒完好无损。第二天依然如此，第三天还是一样。罗勒和鼠尾草几乎同步生长，郁郁葱葱、生机勃勃。黑色塑料地膜暖化了土地，抑制了杂草，番茄苗也长起来了。这就像是别人家花园的一小块地逃脱出来，然后误打误撞地跑到了我家的院子里。

后来，进入盛夏时节，园中就出现了这样的景象：一小块菜地里的番茄硕果累累，多得几乎像是水珠滴落下来，周围环绕着一道由茂密的鼠尾草和罗勒组成的灌木篱。蓝色的花穗登堂入室,安坐在窗台上的玻璃樽里。罗勒则在每道菜中大显身手:番茄三明治啦,青酱意大利面啦,贝果上的奶油芝士啦,甚至做蔬菜沙拉时,我也会把罗勒剪成细丝,跟生菜拌在一起。对此我表现得很淡定。我可不想让罗勒觉得发生了什么了不得的事情而产生惶恐。我开始相信,惶恐会引来蜗牛。于是我剪啊,收啊,煮啊,晒啊,直到有一天早上,我发现自己在办公室里,手里拎着两个装得胀鼓鼓的塑料袋。我听到自己对同事们说:"我的罗勒泛滥成灾了,你们要不要带一些回家?"

罗勒太多怎么办?自制青酱

要享用多余的罗勒,有简单的方法,也有复杂的方法。简单的方法是这样的:在两片面包上厚厚地涂上美乃滋酱,放几片罗勒叶、几片番茄,然后开吃。复杂的方法呢?用传统做法自制青酱。

我曾经读过一篇文章,称赞用研钵与研杵手工制作青酱的种种优点。说得对,本就如此,我心想。不使用任何电动工具,纯粹通过手工研磨而成，只有这样，才能充分领略青酱的上乘品质。还有什么比这更好的办法来为我丰收的罗勒献上礼赞吗？我取出许久未用的大理石研钵与研杵，拂去积灰，认认真真地按照说明操作，然而捣了半个小时后，我只不过得到了一堆碾烂的罗勒叶和一些奇形怪状的碎蒜粒。最后，我表示放弃，并且把所有材料都丢进了搅拌机，五分钟之后，我已经在品尝我那电动搅拌的二流青酱了，而且还吃得津津有味。

但是话说回来，如果你想尝试的话，下面便是手工青酱的做法。有人告诉我，使用一种粗头的研杵是成功的关键，粗到几乎能填满研钵内部的那种。也许我之后会用这个办法再试一次。

在研钵中放一两瓣蒜和一大撮粗盐，用力捣，直到你捣出细腻的蒜糊。加入三汤匙松子，接着捣，然后再放入两杯切成丝的罗勒叶，每次只放一点点，研磨到你几乎看不出罗勒叶的碎片为止。掺入大约五汤匙帕玛森干酪丝（现在你可以放下研杵，改用勺子了）。接着拌入约三汤匙橄榄油，就可以端上桌了。成品大概可以供四到六位心怀感激的人享用。

园有余蔬

拥有许多装满了家庭自制罐装食品的储物架真是一件令人兴奋的事。实际上,你会发现它们同样在审视着你(通常是暗中进行的),而把你的劳动成果端上餐桌带来的快乐,只有一颗清白的良心或一顶称心如意的帽子可以与之媲美。

——艾尔玛·S.隆鲍尔(Irma S. Rombauer),
《烹饪之乐》(*The Joy of Cooking*),1931

很快,我花园里种的所有番茄都开始结果子了。起初我们生吃番茄,将其切成片,配上几片肥硕的罗勒叶子一起摆盘。后来我们开始做意面酱和番茄冷汤,有一次我甚至试着用烤箱自制番茄干(没成功)。我感觉自己已经尝试了每一道现有的番茄菜谱。随着季节的推移,我甚至开始对它们有点厌烦了。所有的一切看起来都熟透了。花园正在失控地运行,而我跟不上它的脚步。光是想着走到外面去,多摘一个番茄，然后还得把它拿回屋里并决定如何处理它，就已经令我筋疲力尽。

  瓜类植物甚至还要麻烦。我在圣洛伦索找到了一款"夏季瓜类试种装"，从那些种子中选了三种栽下。但不知怎么回事，我播种时把这些种子全都混在了一起，然后就搞不清楚种出来的植物究竟是哪种了。我不觉得这有什么要紧，直到有一天我发现，一个显然应该是弯颈黄南瓜的果实像是被外星生物催化了一样，突然开始发育，外皮变成一种又浓又亮的黄色，体积也膨胀起来，像个大大的烘肉卷*。每隔几天我就会走过去，站在一边俯视它，希望它多多少少有点变化，好让我知道究竟是该把它摘下还是让它继续生长。有一天晚上，我的几个朋友过来吃饭，也纷纷站在周围盯着它看。它是一个自然界的怪胎，从一个除此之外一切正常的菜园里突然冒出来。这让我有点尴尬。它长得实在是既庞大又夸张，还有几分荒诞可笑。

  我很快就发现，八月份的头号花园事务就是处理所有那些

---

  * 一种美式家常菜，是将碎肉末、蔬菜粒、香料、鸡蛋和奶油等均匀混合，使之成为一条面包的形状，然后放入烤箱烤制而成。供家庭聚餐享用的烘肉卷可以有大号烤盘那么大。

多余的蔬果。"八月嘛,"一位女街坊开玩笑说,"就是这样一个时节:人人开车时都关上车窗,生怕有人会偷偷塞进来一根西葫芦。"八月甚至还有一个节日叫作"国家法定往你邻居家的门廊上偷放西葫芦之夜",定于每年的 8 月 8 日。随着又一年 8 月 8 日即将来临,我已经为这个节日做好了准备。我一直在吃西葫芦馅儿的墨西哥卷饼、西葫芦肉酱意面*和油炸西葫芦。我感觉自己再也无力面对下一个西葫芦了。我把多余的西葫芦放进一个纸袋,留在我的邻居查理和贝弗利家的门廊上,附带了一张便条,提醒他们这是"偷放西葫芦之夜"。

最后,菜园迎来了大丰收,它看起来简直是个疯狂的农场路边摊:结满豆子的藤蔓伸向天空,洋葱从土里迸发出来,'白兰地'番茄和'莉莉安的黄色传家宝'番茄终于分别变成了红色和金色。曾祖母的荷兰番茄实在太高产,我开始把它们做成番茄酱然后冷冻起来。一根不请自来的瓜藤——也许是一根南瓜藤——在向日葵丛中蜿蜒前进。牛至,我把它买来的时候还是一株种在两英寸直径的花盆里的小苗,现在它已经舒展枝叶,长成了三英尺高的一大簇,炫耀着绚丽夺目的粉红色花朵,不断有

---

* 西葫芦切丝或切片,用来替代同样形状的意面,这样的菜谱一般被认为可以减少碳水并增加蔬菜的摄入,比较健康。

蜜蜂前来造访。

"好家伙,"斯科特说道,他刚出差回来,溜达到菜园里,"你打算怎么处理这一大堆食材?简直要从地里扑出来了!"

这正是一个长满了成熟果蔬的花园会做的事:它跳进你的视线,乞求着你去采摘,要求你给它浇水施肥,好让它产出更多蔬果。我的'金太阳'樱桃番茄已经冲出了它五英尺高的棚架,当我经过它旁边时,它几乎是向我扑过来,伸出果实累累的枝条。起初,我把'金太阳'当成一款清淡的花园零嘴。路过时我会往嘴里丢上一两颗,然后就将它们置之脑后。然而到了八月,它们开始成熟得太快,结得太多,我甚至觉得自己有义务站在花园里,吃下一整顿樱桃番茄餐,纯粹只是为了不让它们白白浪费掉。我开始感觉自己置身于情节反转的《异形奇花》(*Little Shop of Horrors*)*之中,一棵狂野的、大得离谱的植物一直不停地喂我,喂到我求饶为止。

我很乐意认为,花园里这场突如其来的成功跟我本人的辛勤劳动有关。毕竟我花了这么多时间来添加粪肥和腐殖土,人工授粉,以及用双层松土法翻整菜地。我把一块疏于打理的板

---

* 1986年上映的美国电影,讲述主人公购买的植物会吸血的故事,属于带有喜剧色彩的恐怖片。

结黏质土地改造成了园丁梦寐以求的那种土壤：一片疏松细软的沃土，排水畅快，蚯蚓众多。我给它喷洒鱼乳，为了吸引传粉昆虫，我还在它的边上种了一圈金盏花。无论丰收是出于什么原因，我能确定的是，夏末的诅咒已然降临。我从花园中收获的食材超过了我和斯科特能吃掉的数量。

送走多余的食材似乎是处理过剩农产品的最佳方式。有一阵子，住在附近的一个老人曾给整条街的邻居送柠檬黄瓜，每家门口都放一袋。查理常常趁我早上出门上班时叫住我："你能不能消耗一点柠檬黄瓜？"他这么问的同时对我的回答还抱有一丝希望。

而我通常只是笑笑，举起我那份由柠檬黄瓜三明治和柠檬黄瓜沙拉组成的午餐。"没门！我已经有很多了！"我这么说着，然后赶紧开车走人。

但现在轮到我要送出蔬菜了。我将西葫芦和番茄挨家挨户放在邻居家的前门廊上，把一袋袋芥菜叶和生菜叶带到办公室，让我的同事们拿回家做晚餐。我买了一台蔬菜脱水机，干制了甜椒、葱和豆类，留到冬天煮汤用。最后，我决定尝试着做罐头。

自制罐头这件事，在城郊长大的人都不太知道怎么操作。

我没有那种外婆或奶奶家农舍厨房的童年回忆可供参考,我的外婆和奶奶都很乐意从超市进货来填充食品储藏室。罐头对于她们来说是一种实际的必需品,她们看不到其中的魅力,而且在她们去世后我继承的菜谱中,我没有发现哪怕一处提到过腌菜或蜜饯。

幸运的是,斯科特的姑妈芭芭拉发来了一份她母亲拿手的莳萝绿番茄方子。我决定把这个菜谱作为我自制罐头的起点,我不仅要做出这道绿番茄,还要做出最基础款的腌渍黄瓜和龙蒿腌豆角。

我的曾祖母有许多关于自制罐头的回忆。她对待自制罐头的方式就像她对待生活中其他各种事物的方式一样——把它作为一种家事上的艺术,一种普通而又神奇的经验。她向我描述的制作步骤,比我在五金店买的整箱罐头瓶附带的说明书详细多了。她说,罐头瓶要放在沸水里煮上很久。择好蔬菜并将其剪成适合罐装的大小需要时间,因此在这期间你不妨继续给罐子做高温杀菌处理。煮的时候在罐子周围裹一条毛巾,这样它们就不会在沸腾的水里互相磕碰。始终留有一个罐子在外面,用它来比对要处理的食材,确保不会出现你的豆角太长、黄瓜片太宽而塞不进罐子的情况。不必像从前的烹饪书建议的那样用沸水汆烫蔬菜——反正醋会杀死蔬菜上的细菌，而且这样蔬菜也会更脆。也别用近来市面上出售的那些高档的白葡萄酒醋——它们的酸度不可能恰到好处，更何况只要花上几块钱就能买到一大壶亨氏公司出品的普通白醋。做这件事的意义不就是追求经济实惠吗？不就是为了省钱吗？

她对自制罐头的卫生状况非常放心。"斯科特担心我会出什么岔子，害别人中毒。"我对她说。这是真的，他根本不愿意靠近我的腌菜。

"噢，看在上帝的分上，"曾祖母说，"我这辈子储存过几千罐腌渍黄瓜、番茄罐头还有玉米罐头，但我从来没有搞砸过一个罐头。"

当我向斯科特转述这句话时，他抬起眼越过眼镜框的上方看着我，神情惊恐地说道："注意，她说的是她从来没有搞砸过一个**罐头**。至于人呢？"

"哦，好吧，"我笑着说，"可是自己做罐头到底有什么问题呢？过去人们就是这样过冬的，你也知道。就是靠他们自己做的罐头和干货，还有储藏在地窖里的食物。"

"是啦，但你知道有谁现在还会这么做？我敢说，你肯定是现在全美国做罐头的人里最年轻的一个。"

他可能说对了。我认识的人里，但凡能给我一些关于做罐头的建议的，年龄都在七十岁以上。但凭借曾祖母的鼓励和芭芭拉姑妈的方子，我还是搞定了这件事情，在每一个消过毒的罐头瓶里装满脆生生的蔬菜，倒入醋和腌渍香料，小心地拧紧瓶盖，确保已经密封完好，然后再进行最后一个步骤——把罐头放回锅里沸水浴杀菌。站在厨房里面对着一大堆装了醋的瓶子，这是一项非常闷热的工作，但我身上的农民天性很喜欢这种把一部分收成储藏起来留着过冬的想法。一天下来，一排腌渍蔬菜罐头整齐地摆在窗台上，阳光透过它们，在房间里投下一道淡淡的绿光。我托腮坐着，凝视它们，我第一年的收成已经做成罐头、储藏备冬，对此我感到心满意足。

芭芭拉姑妈的莳萝绿番茄

不管怎样，做罐头可不是闹着玩的。厨房热气腾腾，何况正值炎炎八月。样样东西都酸气扑鼻，你的眼睛被熏到流泪。厨房里的每一个锅都被用上了。不过，整个过程十分值得一试，而保存好夏天的馈赠以待冬日,是一种非常田园牧歌式的浪漫。

所以,如果想试一试自制罐头的话,你可算是走运了。我这里有芭芭拉姑妈的"妈妈牌"莳萝渍绿番茄的方子,如果你手边没有可用的绿番茄,也可以尝试用这个菜谱来腌豆角、黄瓜或者西葫芦。

食材:(可做5夸脱罐腌菜)

5瓣大蒜

5根芹菜

5个小个头的绿色辣椒,比如塞拉诺辣椒或者哈拉贝纽辣椒

1把莳萝

1夸脱醋

1杯盐

10—15个较小到中等大小的绿番茄

步骤:

①将绿番茄洗净,如果个头太大装不进夸脱罐,就切成四瓣。

②把夸脱罐和盖子放在沸水中煮10分钟以消毒杀菌,接着在罐子里放入绿番茄。每罐添加1瓣蒜、1根芹菜、1个辣椒和1枝莳萝。

③用2夸脱水溶解前面提到的醋和盐,煮至沸腾,之后把滚烫的液体倒进罐子里,倒到距离瓶口还有1.5英寸的位置。

④用瓶盖将玻璃罐密封严实,沸水浴20分钟,其间确保水面超过玻璃罐盖子上方1英寸处。至少储存一个月再食用,开封后需冷藏。

秋日的迁徙

> 尾声未必都如葬礼般肃穆。一个花园应该被打理好来迎接冬天,如同迎接夏天一样。当一个人进入冬日的家园,他希望样样都干净整齐。我们把所有东西都妥善收藏起来,以抵御凛冽的寒风。
>
> ——查尔斯·达德利·沃纳,《我的花园之夏》,1870

秋天渐渐降临圣克鲁斯。树木并未变色,地面也未积霜。实际上,这儿的秋天有点像美国其他地方的夏天,天空晴朗,阳光灿烂,午后暖和得令人惊讶。我曾听到过人们谈论在西海岸搞园艺全年无休,但这似乎不太对劲。花园需要歇一会儿,而我也同样需要休息。制作罐头和冷冻储藏的各种活计已经有点让人吃不消了,因此随着白天越来越短,番茄和西葫芦不再结出果实,我甚至有几分庆幸看到它们就此退场。我没有为一个秋季菜园做好打算,抱子甘蓝和奶油南瓜本应在八月份就已种下,而我也该在九月播种一些生菜和甜豆。但是,转瞬间就已入秋,而我还完全没想过要为另一个种植季做好准备。到了十月,当我开始怀念花园日常供应的新鲜蔬果时,已经来不及做多少事情了。我在后门边上种了一排羽衣甘蓝和瑞士甜菜,旁边那排是我找到的几棵意大利扁洋葱和一种耐寒的欧芹。偶尔用来做一道冬日炖汤倒是够了,仅此而已。

虽然我没再施肥催花,但花儿仍然不断绽放,而且我非常欣喜地发现我的花园还将迎来秋日访客——每年秋天从加拿大向墨西哥迁徙,寻找温暖的气候环境以过冬的君主斑蝶。没有人知道是出于什么原因,但它们在迁徙过程中通常会来到圣克鲁斯的某片桉树林稍作逗留。多达六万只蝴蝶聚集在十五到二十棵树上,紧紧簇拥着,悬缀在茂密的枝叶间。

君主斑蝶在这儿歇脚是件好事,因为它们前方还有漫长的旅程。它们在夏末时节破茧而出,紧接着就启程向南迁徙,沿着一条"花蜜走廊"一路南下,飞往墨西哥。它们如同流水般向南奔涌,沿途采食鼠尾草、大波斯菊和蓝盆花的花蜜,而一路上的园丁都很乐意充当它们的旅途中好客的主人。通常它们最后会到达墨西哥的米却肯州(Michoacán),在那里它们会结成一大群,湿答答、灰扑扑地挂在树上,直到春天来临。由于环境潮湿阴冷,君主斑蝶不能飞动,大部分时间处于休眠状态,依靠它们秋天储备的养分来维持生存。等到春暖花开之时，雌蝶会醒来，渴望着吃到乳草；随后雄蝶也会醒来，渴望着收获爱情。

雌蝶飞起来，与聚集在树上的蝶群拉开足够远的距离，以便在阳光下晾干翅膀，而雄蝶会在半空中猛然扑向它，把它拖到地面上进行交配，交配完成后再将它送回树上。一旦雌蝶受孕，它就开始寻找乳草，那将是它产下的幼虫唯一的食物来源。它慢慢往北迁徙，飞向加拿大，沿途产下多达 500 粒虫卵，每一粒虫卵都诞生在一小片乳草上，并且分别包裹在一滴胶状物里，以确保虫卵在孵化前可以一直留在原处。夏天的某个时候，就在幼虫刚刚孵化出来，并准备要重演父母的生命历程时，因长途飞行而筋疲力尽的上一代君主斑蝶就死去了。

丹娜姑妈从达拉斯来圣克鲁斯时，我带她一起去看君主斑蝶。丹娜和我一直很亲近。我们互相理解，气味相投。时至今日，我们见面时，她还是会靠过来，对我低声说："你是**我的**孩子，我把你借给了你爸爸，结果他就再也不还给我了。他还拿走了我全部的艾瑞莎·富兰克林（Aretha Franklin）*的唱片。"我知道

---

* 美国著名歌手，被誉为"灵魂歌后"。

她一定会爱上君主斑蝶的。

我们到达那片桉树林时,人们已经三三两两地站在周围,伸着脖子仰望蝴蝶,大家交谈时轻声细语,就像在博物馆里一样。君主斑蝶大多数都挤挤挨挨地聚在一起,为了生存而紧紧地扒住树枝,像湿漉漉的树叶一般贴在树上,只露出它们翅膀背面的白色鳞粉。但当阳光出现,温暖了它们的翅膀,挤成一团的蝶群便在一瞬间苏醒了,几百只蝴蝶同时飞起。满天的橙色蝴蝶向着树梢振翅高飞,接着又缓缓飘落。每一双翅膀在湛蓝天空的映衬下都显得格外夺目,呈现出黑、橙、白三色图案的完美对称,数千双美丽的翅膀就这样飘浮在我们头顶。

丹娜和我躺在蝶群正下方的观景平台上,夹杂在拉扯着爸妈袖子的学龄儿童和狂按快门的自然爱好者中间。仰面躺着,凝视着漫天飞舞的翅膀,很难相信自己还停留在地面。蝴蝶在我们周围翩然飞落,落在平台上,落在我们的鞋面上,落在摄影包上,然后再次振翅高飞。我们感觉像是和它们一起悬浮在空中,仿佛自己也飞了起来。言语变得无力,我们被这种美震撼不已。

"你知道……"我喃喃道,"它们的寿命只有一年。这些君主斑蝶从来没有来过这里,但不知怎么回事它们每年都知道要来这同一个地方。"

丹娜用一种飘忽而迷幻的声音回答:"呃……你认为它们是怎么知道要去什么地方的?"

我想了想。"也许是因为那些写着'君主斑蝶保护区'的牌子吧,也许它们能读懂。"

她咯咯笑出了声。"也许**它们**每年都来看**我们**。也许蝴蝶爸妈对它们的孩子说:'每年,在圣克鲁斯,所有人类都聚集在一片小小的桉树林里。没有人知道为什么。但这可真是个壮观的景象,你明年去墨西哥的路上也该去看一看。'"

几天之后,我和几个朋友一起吃饭,他们住的地方离桉树林只隔几个街区。"你在你们那儿看见君主斑蝶了吗?"他们问道,"它们安顿下来之后,就会开始满城飞舞,飞得我们附近到处都是。"第二天清晨,我去商业区吃早餐,正走在路上的时候,我看到至少十几只君主斑蝶沿着河边飞舞。它们离桉树林有几英里远,而我继续向前走时,它们就在我前方的小路上空盘旋,让我清楚地看到了它们翅膀上精致的细节。

君主斑蝶也光临了我的花园,像秋叶般翩然而下。它们纷纷停落在最后一朵盛开的向日葵上,其他向日葵早已结出了葵花子,又被麻雀啄得七零八落。君主斑蝶继续在花园中穿行,停在每一朵大波斯菊上，翅膀缓缓地张开又合拢，仿佛想要炫耀它们鲜亮的橙色翅膀和大波斯菊玫红色花瓣之间的反差。它们掠过蓝盆花丛，用又细又长的舌吸食每朵花的花蜜，然后飞向下一朵。我尽可能地待在外面观赏它们，它们不会在这儿逗留多少时间了。它们充分利用了我的花园献上的最后一波能量。过不了多久，又将下起雨来，君主斑蝶将南下墨西哥，而我的花园也会自行封闭，进入休眠状态，安安静静地直到春天来临。

　　随着蝴蝶在周围飞来飞去，我打理着花园，为冬天做准备。我知道一旦开始下雨，地面会变得多么潮湿；要是我到时候还继续在外头忙活，就难免会让双脚都陷入泥泞。我在菜园小径上加铺了一层新的稻草，覆盖住原先的那层，因为它已经开始腐烂了。上周末圣洛伦索贴出了广告，宣传覆土作物的种子，说是把这些作物种下之后，可以固定土壤，在越冬期间为土壤增添一些养分，并且在春天形成优质的"绿肥"——高氮植物原料，翻耕时可以直接铲到地下，就地堆肥，刚好赶得上种植春季作物。有几种覆土作物可以选择：苜蓿、黑麦、蚕豆。来年初春就有嫩蚕豆吃，这个想法让我很是心动。于是我买了一袋蚕豆种子，种在我几个月前刚刚规划出来的一块新菜地上。我还拔了些杂草，翻了翻肥堆，在蚯蚓堆肥桶周围盖了一块蓝色防水布给它挡雨。

在那个十月的下午，为了安顿即将休眠的花园，我要做的事情并不多。反正我也不剩多少时间了——太阳马上就要下山，而十一月近在眼前，日子只会越来越短、越来越冷。我打理花园的第一年就要结束了。我正准备收好工具回屋，却忽然意识到还有一项我必须完成的活计——拔除我的番茄。它们大部分都已经死掉了，有些死于枯萎病，有些被真菌或蚜虫摧毁。曾祖母的荷兰番茄还有几颗果实挂在藤蔓上，而'金太阳'番茄还在茁壮生长，不停地开花结果，不过它的果实已经失去了盛夏时的甜美滋味。我得把它们从地里拔出来，然后赶在土地变得阴冷潮湿之前，把剩余的蚕豆种子播种到它们的位置上。我重新戴上园艺手套，有点不情愿地转向那些番茄。我花了整整一年时间来开辟这座花园，而现在，忽然之间，它就步入了尾声。

那些番茄很容易就从土里拔出来了。我不用大费周章地将番茄枝条从支架上解开，只要抓住一根支架和几条比较粗的藤蔓，然后使劲扯下来就行了。我一扯，番茄"脚下"的泥土似乎裂成了两半，裂缝刚好足以让它那一大蓬棕色的根须脱离出来。

我把那些依然跟绑绳和支架缠在一起的藤蔓扔到露台上,让它们堆成一堆,接着又去拔另一棵番茄。慢慢地,稳稳地,每一棵都被拔出来了,有几个熟透了的番茄随着我的拉扯掉落到地面上。我用铲子稍微翻整了一下土地,然后播下了我的蚕豆种子。再没有什么要做的了。冬天即将到来,而我已准备就绪。以猛扯了几把番茄藤作为结尾,菜园就此歇业大吉,生长季也告一段落了。这次的时间也掐得很准:空气中已经弥漫着潮湿的寒气,而堆积在地平线上的云层也不只是普通的海滨雾气了。那是积雨云。

那几棵番茄,连同整个生长季都扒在它们身上的蚜虫,被我装进一个塑料袋,扔进了垃圾桶。我没有把它们放进肥堆。因为蚜虫肯定会在肥堆里安营扎寨,度过整个冬天,然后等到明年春天又卷土重来。扔掉它们之前,我摘下了少数几个留在藤蔓上的成熟番茄。我还种着一些罗勒以及许多大蒜,于是,我把最后这一捧花园自产菜蔬带回屋里,烹调一盘番茄,作为对夏日的欢送:番茄切片,罗勒切丝,大蒜切碎,再备好那款最香最辣的橄榄油。在明年七八月份之前,我都不会再见到这道菜了。我把斯科特叫进厨房,他来到餐桌旁,坐在我的正对面。花园中夜幕降临,而我们吃着这些番茄,细嚼慢咽,认真品味,因为我们要很久之后才能再次品尝它们的美味了。

覆土作物

我发现冬季覆土作物在西海岸是必不可少的,如果没有什么东西来固定土壤,这个地方冬天的雨水会冲走优质的园土。现在我每年秋天都会种植一种覆土作物,如果我留下一块苗床,整个冬天都在栽种韭葱、甜菜之类的耐寒作物,到了春天我会让它休息一下,种上赏心悦目、繁花似锦的绛车轴草,这种植物整个夏天都能吸引蜜蜂,在十月份引来第一拨迁徙的君主斑蝶,而且等冬天来临前把它翻耕到地下,还能为土壤补充氮肥。

我最爱的冬季作物是蚕豆。这种光滑的棕色豆子蕴含着某种非常迷人的东西,它们个头硕大、令人心安,我已经渐渐把它们和秋天联系在一起了。我买了大约两磅蚕豆种子,这个分量足以栽种500平方英尺的土地。我挑了十月底一个寒冷的日子,在第一场秋雨之后,用拇指把它们一粒粒按进湿润的土壤。播种后的几周内,它们就萌发出肥壮的绿色茎干,整个冬天我眼看着它们越长越高、越长越密,逐渐挤占掉酢浆草的地盘。到了春天,它们刚一开花我就把大部分都铲倒,用来堆肥了,但我实在舍不得铲光,于是保留了几株。这样一来我就能采摘一些嫩豆荚,并且用蚕豆、羽衣甘蓝和罗马诺干酪碎做一道早春意面了。

尾声:从头再来

> 我现在终于意识到,最初这几年只是我的见习期,是为了让我做好准备,去建造自己在海边的灰色小花园。
>
> ——安娜·吉尔曼·希尔(Anna Gilman Hill),《园艺四十年》
> (*Forty Years of Gardening*),1938

每一年,花园都长大一点。我在房前空地上种满了红色天竺葵,而牵牛花爬满了篱笆。小小的前厅变成了一个温室,我每年冬天都在那里为春天的菜园催芽育苗。我培育了太多不同品种的番茄,不得不把其中一些种在巨大的黑色塑料盆里,还要把剩下的种在门前,就在人行道旁边,在那儿游客们虽然会对它们评头论足,但是从来没有把它们拔起来过。

贴着车库墙边的一片阴凉的土地变成了一处纪念花园。有一年春天,灰灰的肾脏衰竭了,那时她二十岁,而我二十七岁。

在我认识的人里，没有谁和宠物相处的时间像我和灰灰在一起那么久。把灰灰埋葬在后院对我而言很有意义，在那儿我还能为她的坟茔种上柔软而灰绿的绵毛水苏和勿忘我。她的存在改变了这座花园，带来了一份我此前在花园里从未感受过的悲伤。她埋身其中的这个光影斑驳的小花坛，最终种满了耧斗菜和羽裂石竹、大滨菊和马蹄莲。春日时分，山茶和紫藤的花瓣会突如其来地散落，为她的坟茔盖上一层深红和浅紫相间的花毯，看上去就像一场低调的星期二狂欢节*。灰灰一定很喜欢这样的画面，我想。

几年后，斯科特和我开始意识到，我们不能永远住在圣克鲁斯。这个想法渐渐地爬上了我们的心头，而我们一开始并不愿意正视它。我们喜欢住在海滨小城：我们喜欢大海，喜欢过山车，也喜欢这种周围到处都是度假游客的状态。况且现在灰灰被埋在花园里，我的心似乎比以往任何时候都更紧密地扎根在这片圣克鲁斯的土地上。但是，我们住在这里的几年中，房租水涨船高，而我们要不断加班加点地努力工作，才能勉强维系原来的生活。一周在格子间里工作五十个小时，哪怕只是四十小时，都令

---

* 原文为Mardi Gras，字面意思是"油腻星期二"，是源自基督教的节日。人们通过大吃大喝、狂欢庆祝，来度过斋戒前的最后时刻。

我感到难以忍受。我的一些朋友已经找到了好办法：选择兼职工作，其他时间用来旅行，充分放慢脚步去享受生活。我羡慕他们。我想辞掉自己的办公室差事，然后写一个园艺专栏或者去一家苗圃工作，但这并不现实。住在一个像圣克鲁斯这种米贵而居大不易的城市里，需要两份正经的全职工作才足以为生活埋单。我还想买个房子——我想要拥有我耕耘栽种的那片土地，而不仅仅是租下它，然而这同样是遥不可及的奢望。圣克鲁斯最简陋的房子都卖到将近五十万美金了。

不是只有我这么觉得；斯科特每天开车去硅谷上班，通勤的路程既漫长又难开。当他坐在车里，面对拥堵和尾气，他会考虑自己的藏书生意，那些等待填写的订单，那些积满灰尘的旧书店里有待发掘的珍本书籍。辞掉一份养家糊口的工作，去追求自己的个人事业，没有什么时机是合适的。钱永远不够，风险始终存在。但是，斯科特在那些翻山越岭、长达一个小时的车程中，花了很多时间去思考这个问题。他的理由是，人生苦短，如果不试一试，他会一直纠结于自己错过了什么。并且他也开始想到，圣克鲁斯高昂的生活成本阻碍了他去做自己真正想做的事。

渐渐地，这个念头在我们心中浮现：我们应该离开圣克鲁斯。

首先我们得选择一个居住地。我们有一大堆要求：我们想继续留在加利福尼亚。在这里我可以全年无休地玩园艺，而且我们想住在走路就能去到海边的地方，此外，我们还想找到一座有许多迷人的老房子可供选择的小城。最终，我们认定的最佳选项是斯科特曾经生活过的地方：尤里卡。这是一座古色古香但又毫不矫揉造作的小城，有许多维多利亚式的住宅，那里的渔人码头和砖砌的老式市镇广场闻名遐迩。尤里卡的气候是典型的西北太平洋式气候——寒冷、多雾、多雨，但我们认为这一点不足为意。斯科特几年前做过黑色素瘤切除手术，有严格的医嘱要求他远离阳光。有人提醒我们尤里卡天气阴郁的时候，他微微一笑，说道："我感觉这辈子的太阳我都已经晒够了。"

我们并没有立刻将这个决定付诸实践，而是打电话咨询了几家房产中介，同时订阅了报纸上的房产信息栏目。这个决定需要时间来慢慢沉淀。当我们望着大海，路过冬季已经停业的过山车时，我们并没有说出那句话，但都在默默地考虑着：真的能舍弃这一切吗？

那段时间我常在花园里漫步，想着哪些植物我会带走，又有哪些要留下。我有个朋友曾经为她的花园"搬家"。当时她和丈夫离婚了,房子归男方。他们在那所房子里住了八年,她收集了一批很棒的珍奇观赏植物:从澳大利亚偷偷带回来的娇弱而纤细的植物,每年冬天她都要用园艺玻璃罩把它们保护起来;热带藤本植物;还有各种色调的观赏草,从查特酒的黄绿色到云杉般的蓝色,再到红色和黑色,不一而足。有一天我去她家里的时候,她正在把植物连根挖起。她甚至还没找到一个新的住处。

"那个浑蛋,"她一边低声抱怨一边挖,"他告诉我,每一棵我拿走的植物都得用其他植物来替换。"她直起身子与我目光相对:"这个花园是我一手种出来的!"随后她环顾他们家周围一片狼藉的花园,轻蔑地说道:"万寿菊!那就是他得到的东西。万寿菊、三色堇,还有见鬼的**凤仙花**。"

我的植物都太平平无奇了——雏菊、钓钟柳、毛地黄、鼠尾草——因此有一阵子我甚至没考虑过要带上它们。我告诉自己,我可以在尤里卡买到那些植物,或者等我们搬到那儿之后用种子把它们种出来。但我想从圣克鲁斯带走些东西作为纪念,于是我也开始把植物连根挖起,那些雏菊啦,毛地黄啦,随便什么植物——只要我能安全无损地从地里拔出来,并且能种进一加仑的花盆里。我考虑带上鼠尾草的枝条然后扦插繁殖。我甚至还收集了一些种子：蓝盆花、虞美人、大波斯菊和西洋蓍草，我把它们尽可能多地摇落到信封里。

我能从菜园里带走的东西并不多。本来嘛，大部分蔬菜都是一年生植物，反正我每年都得重新播种育苗。我考虑挖出几棵朝鲜蓟，还有一些香草。我想我会带上斯科特的牛至，那是我们刚刚搬到这里时，他从尤里卡带回来让我种下的。芦笋也没得商量——我不可能丢下它。我们种的芦笋是三年根苗，一直在花园里悉心栽培，每年都长出更多的根系。种芦笋需要耐心，要经过几年的等待才能产出像样的芦笋。我决定，在我们搬家之前挖出芦笋根，存放在一桶泥土里，把它们运往新的家园。我会在搬家的送货车上给它们留一个头等座，紧挨着蚯蚓堆肥桶，堆肥桶里的居民即将面临它们根本无法想象的长途旅行，尽管不必离开黑色塑料屋锁定的安全范围。

感恩节前后的一个周末，我们开始了一次找房之旅，带着一张我们的选房需求清单出现在尤里卡。从圣克鲁斯开到尤里卡的七小时车程中，我们列出了这张清单，方式是填写一份长长的问卷，那是我们在一本关于如何买房的书后面找到的。斯科特开车，而我大声地念出每一道问题，然后写下我们的回答。

"建筑风格。"我念道。这条很容易：工匠风格或者维多利亚式。要有点历史情调，带点特色的。我们俩都不喜欢土气的农场式小平房。

"占地面积。"又一个容易回答的问题。只要我们买得起，越大越好。不要高大荫蔽的树木，因为我的花园需要阳光，越多越好。

"位置。"步行可达市中心和港口。一旦搬到尤里卡，就意味着去海滩不再那么方便。这座小城坐落在一个避风港的内侧，要去到一片真正的海滩——那种有沙丘、浪花和鸬鹚的海滩——我们得开上好几英里。所以说，最起码我们希望饭后散散步就能走到电影院看一场电影，或者走到港口边上，那是渔船每天清晨卸货的地方。

我们到达尤里卡时，单子也列好了。除了卧室以外，我们还需要几个房间，一间用作客房，一间作为斯科特的办公室和藏书室，一间是我的书房。要有一个大大的厨房，还得有个壁炉。作为两个向来在单间公寓和小房子里生活得很愉快的人，我们突然对宽敞的居住空间产生了需求。

中午，房产经纪人跟我们碰面，然后带我们去看了几栋她给我们挑的房子。有些房子虽然有院子,但是对我的花园来说太小了。还有些房子显得狭窄幽暗,在这样一个阴沉多雾的小城,不管怎么说都是并不宜居的房子。有一栋就在一所高中的隔壁,下午时分,许多中学生横七竖八地躺在草坪上。斯科特和我面面相觑,想到了同样的事情——中学生简直比游客还烦。"啊哈,"我们对房产经纪人说,"我们还有两件事情忘了提。别挨着繁忙的街道,也别挨着中学。"我们接着去看下一处房子,那是一栋维护得很好的工匠风格的房屋,有明亮通透的阁楼,房间里到处都是仿制的工艺品。可是街对面有两只罗威纳犬在冲我们狂吠,隔壁邻居家的草坪上还有一台生了锈的汽车。这样的邻里环境让我们有些不安。

接下来,我们的房产经纪人念叨着:"这栋房子可是今天早上刚刚挂出来的价格,稍微有点超出你们的预算,不过我们可以先看一看。"而当她把车停在这座粉刷一新的三层维多利亚式房子面前,我激动得几乎无法呼吸了。这简直是童话故事里的房子:整体刷成乳白色,搭配着淡橘色、酒红色和矢车菊蓝的装饰,还有两扇并排的前门。房产经纪人告诉我们,从前这栋房子曾被分隔成两套公寓,因此遗留下来这样的前门。蕾丝纱帘在窗前飘荡,杜鹃花和山茶花在门外盛放。

斯科特和我跟着房产经纪人走进屋里。我们慢慢地走过两道前厅,一间正式的餐厅和一个大大的、采光良好的厨房。楼上是四间卧室和一个大浴室,浴室里有一个老式的爪足浴缸——我向往已久的那种浴缸,我已经可以想象自己在花园里忙碌了一整天后,泡在浴缸里的画面了。再往上一层是一个整间的阁楼,只需要一些保温材料和几面干墙(dry wall),就能把它变成完美的冬日休息室,具有鸟瞰花园的绝佳视角。

而这将会是多么好的一个花园啊!房屋外面的土地比我们在圣克鲁斯的要大得多:一个狭长的前院,大约有五十五英尺长,十五英尺宽;厨房旁边是一个阴凉的侧院,另一边是一个宽阔的、阳光充足的院子;后面是一块足足有四十乘四十英尺的开阔空地,完全足够开辟一个比我在圣克鲁斯的花园还大一倍的菜园。

那天我们还看了另外几栋房子,给每一栋都拍了照片,记了笔记。当天晚上我们把照片洗了出来,并且带上这些照片去吃晚饭,一边吃一边翻阅我们的笔记,仔细讨论每一栋看过的房子。斯科特喜欢另一栋维多利亚式房子,院子要小一些,房间也比较小,但装修得很精致。那栋房子价格也很不错——大概九万五千美金——不过附近一带稍显鱼龙混杂,而且离市中心有点远,不适合走着去。虽然我们那栋漂亮的四居室维多利亚式房子——我已经开始管它叫**我们那栋**了——要价十二万九千美金,但考虑到它的种种优势,这个差价并不算大;它的面积大得多,离市中心只有八到十个街区,而且社区环境好得多。再过二十年回头看,我认为价格上的差异会显得微不足道,而两栋房子之间的差异才是天差地别的。

那天晚上我们俩都没睡着。整个晚上我都在想关于贷款的事。半梦半醒中,我努力估算着按揭还款的金额、房产税、保险金。我操心着在我们筹备搬家的那段时间里,能不能先把新房子租出去。我统计了我们每个月投到定期存款和养老金里的钱,想知道在万不得已的情况下,我们有没有可能凑足全款。夜里不知道几点钟,斯科特爬了起来,他以为我睡着了,就把自己关进了卫生间,这样他可以打开一盏灯,一边翻看房地产杂志,一边思索买房的事儿。

第二天早上,在只睡了差不多四个小时的状态下,我们告诉房产经纪人,我们想再看一次那栋房子。我们花了将近一上午的时间,认认真真地检查了一遍。我给每个房间都拍了照片,斯科特在一张纸上画出了房型图,我们俩都在努力地寻找故障、缺陷、软肋——任何会让我们在出价前改变主意的问题。一天下来，我们对自己的决定已经确信无疑，于是回到房产经纪人的办公室，去填写一份详细的报价单。不知怎么回事，过程出奇地顺利，下午五点钟，我们已经在出城回家的路上，而我们的房产经纪人也开车去卖家中介那里送报价单了。六周之后，我们成为了房主。不过我们的卖家还没有找好新的住处，于是我们又把房子返租给他们，同时开始着手准备搬家。

　　成为房主改变了我对节日的看法，此时离圣诞节只有几周时间了。在斯科特和我共同度过的这些年里，我们从来没买过一棵圣诞树。要么是我们的钱不够把圣诞树、树的支架、装饰灯和挂件一口气全买回家，要么就是节日期间我们不在家，布置圣诞树似乎是一种浪费。结果就是我们的住处在圣诞节前后总感觉有几分冷清。但是，既然现在我们拥有了自己的房子，我希望我们作为一对夫妻也开始拥有自己的节日传统，而不是像过去那样，每年圣诞节和家人小聚几天，在那几天里靠他们为我们提供节日氛围。

　　我知道在某个地方，也许在阁楼上，我们有一盒子圣诞装饰品。去年我的舅舅和舅妈从得克萨斯州寄来了一套锡制的蔬菜挂件，而斯科特曾经从一场公司圣诞聚会上带回来几样装饰。我有一串节后打折时购买的灯饰，还有一堆从各种包装上保存下来的蝴蝶结、丝带和花环。我们曾经去圣菲（Santa Fe）[*]度假，买回了干辣椒和一个花哨的用于装饰在圣诞树顶部的锡制星星。

所有这些装饰品都放在一个标着"圣诞"字样的盒子里，等待着被开启，而我则在反复琢磨我想要一棵什么样的树。我懒得去问斯科特关于这件事情的任何意见。我很清楚，只要我选中合适的树然后把它带回家，他一定也会喜欢的。当我在某一天的午餐时段把车开进圣洛伦索时，我仍然没有拿定主意。那些六盆一组的大盆草花通通不见了，取而代之的是各种各样的圣诞树、圣诞花环和圣诞藤蔓。我很担心勒罗伊在一棵真实尺寸的圣诞树旁会作何表现。他可能会直接爬到树顶，如果树能承受他的重量，他就会用一只爪子挂在树上，而用另一只爪子把树上的装饰品拨下去。我考虑过购买二十多英尺长的圣诞藤蔓，用来装饰一个房间或者几扇窗户。要不然就只买一个花环好了……然后我发现了一片摆放着两英尺高的矮松树的真树展示区，松树整齐地排列着，就像一个小型的圣诞树农场。我从广告牌上读到，这种树在花盆里长得非常好，而且它会保持矮小的

---

[*] 美国新墨西哥州的州府。

个头和完美的圆锥株型，年复一年。

我选了一棵我能找到的最高的圣诞矮松树，这棵树"鹤立鸡群"，比其他树足足高出四英寸，附带一个红木花盆，还有几英尺长的雪松枝条，用作树下的装饰。我把它带回了家，过了好几天，我才抽出时间去装扮它。

在我拿出那盒装饰品，开始解开缠绕的灯饰时，斯科特像往常一样坐在电脑前，为他的图书生意做一些账目核算。我没有跟他说话，但几分钟后，我听到 CD 机开始播放猫王（Elvis）的《蓝色圣诞节》，斯科特站了过来，把我拉向我刚刚挂在玄关的槲寄生。"这是个好主意，"他柔声说道，对我们的小圣诞树和一共没几样的装饰挂件露出了微笑，"也许明年我们就可以在自己的房子里过圣诞节了。你觉得怎么样？"

我觉得怎么样？光是设想一下，就仿佛有一股兴奋的电流通过我的后颈。

伴随着背景音乐中猫王的低吟浅唱，斯科特理顺了灯串，把它们绕在树上，接着我们轮流挂上仅有的七八个装饰挂件。完成之后，我把那枚锡制星星安装在圣诞树的顶部。对这么小的一棵树来说，星星稍微有点重，但它还是撑住了。

夜里，接上灯串的电源，我们的树就是有史以来最棒的入门级圣诞树。它看起来像是在填不饱肚子的研究生时代,我和斯科特刚开始约会时可能会买的那种树。我们完全可以买一棵大树,再加上琳琅满目的装饰,然而,从这个小生命开始起步,带着它入住我们的新家,给它浇水,看它逐年成长,这一切似乎是恰到好处的安排。

致美景街118号下一任园丁的信

亲爱的园丁：

  留下这封信，我感觉有点傻，但我不禁想知道，鉴于我即将离去，谁会成为我的花园的下一任守护者呢？我认为，如果可以的话，大部分园丁都想要留下一段离别寄语，从而在彻底离开花园之前，与花园的下一任守护者建立一种暂时的联系。我感觉自己就像一个母亲在给保姆留下叮嘱，只不过我不会在傍晚下班回家。现在，这个花园都归你啦，你想怎么来就怎么来。不过，也许有些谜团我可以解开，有些秘诀我可以传授。

  对于搬家这件事，我有些不知所措，因为我知道，历经这些岁月，我无法将这个花园全然抛在脑后，我想要带走这个花园的某些部分。有种子要收集，有插枝要繁殖，还有球根要分株。归根结底，我已经投入了许多。我花了数不清的时间和多得离谱的金钱，才让这个花园焕发出勃勃生机。如果就这样直接抛下它，也未免太过愚蠢了。我希望能带走一些由我亲手种下的植物，移栽到我的新花园里，同时我也想设法带走几样早就长在这里的植物：苍老遒劲的紫藤，皮实好养的山茶，还有早早盛开的火星花。如果有适合扦插的植物，我就会马上截下一段枝条，这样就相当于带走了一棵小苗，或许我会把它塞在后座上的一盏灯和一个工具箱之间。就像一封"连环信"，我将把一种植物从这个花园带到下一个花园，再从下一个花园带到下下个花园，就这样持续传下去。直到某一天，我成了一个老妇人，用我之前打理过的每一个花园的扦插枝和边角料，逐渐打造出一座什锦拼布般五彩缤纷的花园。

现在我应该给你讲一些关于这个花园的事情了，趁我记忆犹新，趁我还没有沉浸在搬家的过程中，抽不出时间坐下来整理思绪。也许你来到这个花园时，它已经被闲置了好几年。也许由于房子的住户一直忙于外务，它甚至十几年来都备受冷落。如果花园看起来野性十足，杂草丛生，那挺好的。在它还属于我的时候，它一直不够野性。我很高兴它在没有我的情况下出落得更加漂亮，不知为何对此我并不感到意外。

如果你来到花园的时候正值冬天，那么省点力气，任凭酢浆草在这里一统江湖吧。如果你试图把它拔起来，就会使得每一个小鳞茎都从主根上剥落下来，在地里留下十几个小祸根，来年再度生根发芽。是的，它会在几个月内占领整个花园。是的，它会挤掉幼苗和嫩球根的生存空间。我多年来一直试图消灭酢浆草，但是根本搞不定。不妨把这当成一场修行，学着放下，领悟一种禅宗式的放任。过了一年中的这个时节，你就再也不会容许自己这么做了。

对于柠檬树，我很抱歉。我在橙子树身上倾注了全部的爱，给它施肥，为它捉虫，精心地剪枝。我从皮厚苦涩的果实起步，最后终于收获了甜美多汁的瓦伦西亚橙。每年冬天我都靠那棵树上结出的果子来预防感冒。相比之下，柠檬树可就遭罪了。我大刀阔斧地砍掉了一些老化的、半死不活的枝条，但它每年最多只会结出几个能吃的柠檬，数量少得可怜。现在再观察它，我发现它的叶子发黄，很可能缺铁了。是我粗心大意，忽视了它，我没有任何借口。但是，如果可以的话，请务必尽力把它养好。

请别放弃那棵倒挂金钟，还有那棵紫荆。它们是老态龙钟的植物，而且它们的枝条轻脆得出奇，就像老妇人的骨头。但是只要你时不时地给它们施肥、剪枝，每年春天它们都会献上一场低调的鲜花秀，作为对你的报答。

噢，若是夏日里园中长出了一株不请自来的番茄，好好栽培它吧。你极有可能获得了'金太阳'的眷顾,那可是我吃过的最甜的樱桃番茄。我住在这里的时候,每年都种'金太阳',在番茄的季节结束前,番茄地里到处散落着多余的果实。如果你任由它生长,番茄苗会从以往那些番茄地里冒出来。如果你目前还不是一个樱桃番茄爱好者,它将会赢得你的青睐。

如果说侧院边上还有一棵半棵的月季,那只是因为我没能将它们彻底铲除。它们是非常讨厌、病害缠身的东西,一无是处,最多只能象征性地开出几朵花。如果可以的话,把它们连根拔起,或者把它们贴着地面砍平吧,但千万别相信它们能长成漂亮的月季园,它们只会令你大失所望。

是的,我要对那些勿忘我负责。我只不过种了一排勿忘我,可现在它们长得到处都是:在菜畦里,在地被植物中间,甚至在前门廊的花盆里也发了芽。这些带有黏性的小小的毛刺状种子,遇上了一只无法无天、喜欢在花园里嬉戏玩闹的小猫,这个倒霉的组合导致了各种令人崩溃的结果。好吧,反正还有比勿忘我更糟糕的杂草,而且至少在二月份会有一些花儿可以供你摘下来,插在小罐子里,摆在窗台上。

我有一个请求——请原谅我还要对这个花园提出要求,毕竟是我自己选择了离开。但我感觉自己有责任提出这个要求:

如果可以的话，在紫藤和山茶花中间、杂物棚屋檐下的那一块地方，请别去动它。如果一切都保持原样，你就能认出那个位置，因为上面会长满绵毛水苏。我知道那块地非常棒，尤其你可能会很明智地打算拆掉那间老旧的杂物棚，然后要么扩建花园，要么把更多的土地铺平硬化，腾出空间造一个现代化的双车位车库。但是，我不得已地将一只宠物永远留在了那里，想到它可能会被翻来翻去，或者被封在硬化面下，我实在是无法忍受。如果可以的话，就把它留在那里吧——那是一个安详宁静的所在，我确信你会很高兴你保留了它的原样。

也许写这样的信对我而言有些疯狂。毕竟，我们并不真正拥有这片土地，不是吗？我们只是占用了它。园艺教会了我这个道理。我搬到这片土地上，马上就发现从前有人住在这里。那些沿着篱笆散落的水仙花球茎、年代久远的丰花月季、橙子树和柠檬树，都说明很久以前有过一位雄心勃勃的园丁。然而，这些植物也不足以说明全部问题。它们也是后来者。我在花园里挖土时曾经发现一块石头，它被削成了一枚粗糙的刀片。原来，在我踏足此地很久很久以前，就有人在这儿驻足了，他蹲在一座能够俯瞰大河的光秃秃的悬崖上，甚至比开拓者们来到海湾周围一带开始殖民还要早。这块土地从来都不属于我，不仅仅因为我是租客而非房主。土地就是这样一种不能被迁移、也无法被带走的东西。它将继续留在这里，守望着下一代、再下一代，同时它还会极尽所能地忍受我们人类对它的捶打和挖掘。

  我希望，我离开时留下的花园比我刚来时状态更好。当你发现它的时候，它可能杂草丛生、乱七八糟，但等着瞧吧。我确信大波斯菊会自然萌发，西洋蓍草也会扛住酢浆草的攻势，而在某处，在荒野中，在温柔的牵绊下，蝴蝶和蜜蜂又会翩翩归来，就像它们多年来所做的那样。祝愿你有绝佳的运气和耐心，还有充足的阳光……

艾米·斯图尔特

致　　谢

我要感谢我的父母,他们在各自的事业上辛勤工作、全情投入,为我树立了很好的榜样;感谢我的弟弟杰森·斯图尔特(Jason Stewart),他大大提高了我们家的艺术水准。感谢大卫·桑兹(David Sands)、妮基·桑兹(Nikki Sands)、安妮特·布鲁克斯(Annette Brooks)、克里斯·福尔(Chris Fore)的热情支持与关爱。四位了不起的作家——卡尔·克劳斯(Carl Klaus)、卡罗琳·弗林(Carolyn Flynn)、温蒂·康赛尔(Wendy Counsil)和贝弗利·莱文(Beverly Levine)——阅读书稿并提供了宝贵的意见。感谢《快报》(La Gazette)*的编辑翠西·丽娅·劳森(Trayce Lea Lawson)和《绿印》杂志

---

* 圣克鲁斯当地的一份女权主义报纸,创刊于1992年3月8日,每月1期,每期12版,在加州中部地区发行。

（*GreenPrints*）*的编辑帕特·斯通（Pat Stone），这些年来，本书中的部分章节已经承蒙他们修订出版。我的经纪人布兰奇·斯莱辛格（Blanche Schlessinger）从一开始就对这本书充满信心，而阿尔冈昆图书公司的编辑安东尼娅·富斯科（Antonia Fusco）则用信心、专业和耐心见证了这本书的完成。

我对圣克鲁斯书店和卡皮托拉书吧欠下了一大笔人情债。我借助这两家书店查阅资料，坐在店里写下一个个完整的章节，有时则只是在辛苦工作了一天之后去到那里，一屁股坐进扶手椅，呼吸着已出版的书籍那令人陶醉的芳香。如果附近没有书店，作为作家的我根本无法生存。

最后，我要对我的丈夫斯科特·布朗（Scott Brown）表达谢意，感谢他非凡的耐心和善良，感谢他的幽默感，还有他不吝倾注在这本书和我身上的信任。

---

* 美国园艺杂志，1990年由帕特·斯通创刊于北卡罗来纳州。

单位换算表

1 英寸 = 2.54 厘米

1 英尺 = 30.48 厘米

1 英里 = 1.61 千米

1 英亩 = 4047 平方米

1 磅 = 453.59 克

1 美制加仑 = 3.78 升

1 茶匙 = 5 毫升

1 汤匙 = 15 毫升

1 杯[*] = 237 毫升

1 夸脱 = 946.35 毫升

---

[*] 杯和茶匙都是常见的非正式计量单位,并没有统一的国际标准。考虑到作者是美国人,这里按照美国的习惯进行换算。——编者注

植物译名对照表[*]

矮牵牛　petunia
桉树　eucalyptus
百里香　thyme
百日菊　zinnia
百香果（西番莲）　passion vine
抱子甘蓝　brussels sprout
扁豆　hyacinth bean
冰草（番杏科）　ice plant
菠菜　spinach
蚕豆　fava
草莓　strawberry
常春藤　ivy
　菱叶白粉藤　grape ivy

---

[*] 结合上下文语境考虑，书中部分植物在翻译时选用了更为通俗的名称，括号中给出了相应的中文正式名。信息来源：中国自然标本馆。

朝鲜蓟　artichoke
橙子树　orange tree
雏菊　daisy
翠雀　larkspur
酢浆草　oxails
　　直酢浆草　yellow oxalis
大滨菊　Shasta daisy
大波斯菊（秋英）　cosmos
　　纹瓣大波斯菊　picotee cosmos
大黄　rhubarb
大丽花　dahlia
倒挂金钟　fuchsia
吊兰　spider plant
钓钟柳　penstemon
杜鹃花　rhododendron
多花素馨　jasmine vine
多肉植物　succulent
二行芥　wild arugula
番茄　tomato
　　'阿米什金'番茄　'Amish Gold' tomato
　　'白兰地'番茄　'Brandywine' tomato
　　'金太阳'樱桃番茄　'Sungold' cherry tomato
　　'莉莉安的黄色传家宝'番茄　'Lillian's Yellow

Heirloom'tomato
  '尼尔医生'番茄 'Dr. Neal'tomato
  '散热器查理的贷款终结者'番茄 'Radiator Charlie's Mortgage Lifter'tomato
  '图拉黑'番茄 'Black from Tula'tomato
  '伊娃紫球'番茄 'Eva Purple Ball'tomato
  传家宝番茄 heirloom tomato
  黄梨小番茄 yellow pear tomato
繁缕 chickweed
风车茉莉（络石） star jasmine
凤仙花 impatien
甘蓝 cabbage
  紫甘蓝 purple cabbage
海藻 seaweed
旱金莲 nasturtium
荷包豆 pole bean; runner bean
荷兰豆 snow pea
黑麦 rye
黑种草 love-in-a-mist
红杉 redwood
厚萼凌霄 trumpet vine
黄杨 boxwood
火把莲 red-hot poker

火星花（雄黄兰） Crocosmia
加拿大一枝黄花　goldenrod
绛车轴草　crimson clover
芥菜　mustard green
金鱼草　snapdragon
金盏花　calendula
堇菜　viola
韭葱　leek
菊蒿　tansy
聚合草　comfrey
康乃馨（香石竹） carnation
辣椒　hot green pepper
　　哈拉贝纽辣椒　jalepeño pepper
　　塞拉诺辣椒　serrano pepper
兰花　orchids
　　大花蕙兰　*Cymbidium*
　　蝴蝶兰　*Phalaenopsis*
蓝目菊（骨子菊） African daisy
蓝盆花　pincushion flower
栎树　oak tree
亮毛蓝蓟　Pride of Madeira
六倍利　lobelia
龙蒿　tarragon

龙舌兰　century plant
耧斗菜　columbine
芦荟　aloe
芦笋　asparagus
罗勒　basil
　　柠檬罗勒　lemon basil
　　莴苣叶罗勒　lettuce leaf basil
　　希腊罗勒　Greek basil
　　紫红罗勒　purple opal basil
马齿苋　purslane
马唐　crabgrass
马蹄莲　calla lily
猫薄荷（荆芥）　catnip
　　紫花猫薄荷　catmint
猫草（鸭茅）　cat grass
毛地黄　tall foxglove
迷迭香　rosemary
棉毛水苏　gray lamb's ear
苜蓿（三叶草）　clover
奶油南瓜　butternut squash
南天竹　nandina
柠檬黄瓜　lemon cucumber
柠檬树　lemond tree

牛至　oregano
　　甘牛至　marjoram
　　霍普利牛至　Hopley's oregano
欧丁香　lilac
欧芹　parsley
　　'卡塔罗尼奥'欧芹　Catalogno parsley
　　皱叶欧芹　curly parsley
欧洲报春　primrose
欧洲千里光　groundsel
喷泉草（绒毛狼尾草）　fountain grass
婆婆舌（虎尾兰）　mother-in-law tongue
蒲公英　dandelion
牵牛花　morning-glory
秋海棠　begonia
日本水菜（芸薹属）　mizuna
榕树　ficus
乳草（马利筋）　milkweed
瑞士甜菜（厚皮菜）　chard
三角梅（叶子花）　bougainvillea
三色堇　pansy; Johnny jump-up
山茶　camellia
山梅花　mock orange
生菜（莴苣）　lettuce

'罗莎红'生菜　'Lollo Rossa' lettuce
罗马生菜　romaine lettuce
圣奥古斯丁草　St. Augustine grass
蓍草　yarrow
莳萝　dill
蜀葵　hollyhock
鼠尾草　salvia
　墨西哥鼠尾草　Mexican sage
　药用鼠尾草　culinary sage
塌棵菜　tatsoi
天竺葵　geranium
　盾叶天竺葵　ivy geranium
甜菜根　beet
　基奥贾条纹甜菜根　Chioggia striped beet
　金甜菜根　golden beet
甜豆　snap pea
铁线莲　clematis
庭荠　alyssum
退烧菊（短舌匹菊）　feverfew
瓦伦西亚橙　Valencia
豌豆　pea
万寿菊　marigold
　风车万寿菊　pinwheel marigold

勿忘我（勿忘草） forget-me-not
西葫芦 summer squash; zucchini
西蓝花 broccoli
香葱（北葱） chive
香附子 nut grass
香豌豆 sweet pea
向日葵 sunflower
橡胶树 rubber tree
薰衣草 lavender
芫荽 cilantro
洋葱 onion
　　意大利扁洋葱 flat Italian onion
　　紫洋葱 purple onion
洋甘菊 chamomile
野胡萝卜 Queen Anne's lace
银叶菊（雪叶菊） dusty miller
樱花 cherry blossom
樱桃小萝卜 radish
虞美人 poppy
羽裂石竹（常夏石竹） cottage pink
羽衣甘蓝 kale
郁金香 tulip
鸢尾 iris

月季（鲜切花商品名为"玫瑰"） rose
　'纯银'月季　'Sterlings' rose
　'只爱乔伊'月季　'Just Joey' rose
　丰花月季古老品种　ancient floribunda rose
　古董系列微月　tiny antique rose
　灌木月季　rosebush
　藤本月季　climbing rose
肿柄菊　tithonia
帚石南　heather
朱槿　tropical hibiscus
紫花苜蓿　alfalfa
紫藤　wisteria

图书在版编目(CIP)数据

花园不是一天建成的 /（美）艾米·斯图尔特著；吴湛译. —北京：商务印书馆，2022
ISBN 978-7-100-21280-9

Ⅰ.①花⋯　Ⅱ.①艾⋯②吴⋯　Ⅲ.①随笔—作品集—美国—现代　Ⅳ.① I712.65

中国版本图书馆 CIP 数据核字（2022）第 113629 号

权利保留，侵权必究。

花园不是一天建成的
〔美〕艾米·斯图尔特　著
吴　湛　译

商 务 印 书 馆 出 版
（北京王府井大街36号　邮政编码100710）
商 务 印 书 馆 发 行
北京艺辉伊航图文有限公司印刷
ISBN 978 - 7 - 100 - 21280 - 9

2022年8月第1版	开本 850×1168　1/32
2022年8月北京第1次印刷	印张 8¾

定价：48.00 元